UNE LONGUE NUIT MEXICAINE

ISABELLE MAYAULT

UNE LONGUE NUIT MEXICAINE

roman

nrf

GALLIMARD

Pour les yeux persans de ma mère,
Les yeux miros de mon père,
Pour les yeux doux d'Augusto
Et certains yeux qui ne sont plus là

« Si votre maison brûlait,
qu'emporteriez-vous ?
— J'emporterais le feu. »

Jean Cocteau

PREMIÈRE PARTIE

Greta Ortega

1

Ma cousine surnommait notre pays « le pays des ravins » et c'est dans l'un d'eux qu'elle a fini par disparaître. On l'a retrouvée une après-midi, en robe blanche et foulard à pois, à trente mètres de sa voiture décapotable aux reflets moirés, le corps projeté sur un panneau signalétique. En dessous de celui-ci se trouvait un bosquet de fleurs épineuses, dans le fatras duquel un des escarpins rouges de Greta était tombé. Le corps de son amant, un coiffeur milanais répondant au nom de Beppe, reposait sur le siège passager, dans le véhicule en contrebas. Rien ne prédestinait Greta à mourir à l'âge de trente-six ans : elle se signait toujours quand elle devait passer sous une échelle ou croisait un chat noir et, de plus, elle était dotée d'une constitution de cheval. Beppe et elle avaient bu, lirais-je plus tard dans un rapport administratif qui relatait les circonstances de leur disparition avec le même laconisme que s'il s'était agi d'une fuite d'eau dans une cave. Le pays entier roulait ivre, ma cousine ne faisait pas exception — car c'est Greta qui tenait le volant. Cela n'expliquait pas pourquoi ce ravin plutôt qu'un autre, pas particulièrement profond. Ce milieu de journée-là plutôt que la veille, quand le soleil avait été aussi haut, et aussi toxique.

Sur les photos qui accompagnaient le rapport, et qu'un policier m'a laissé consulter, apparaissait l'éphèbe endormi, le visage collé dans le cuir, et Greta, pliée en deux, comme faisant une blague sophistiquée, n'était le sang à la racine des cheveux, le sang le long du cou et de l'oreille. Les vues sont nocturnes, un flash a été utilisé. En effet, l'accident survenu vers quatorze heures n'avait été signalé qu'en fin d'après-midi par un automobiliste, et pris en charge plus tard encore par la police locale alors que la nuit était tombée. La nuit, mais aussi le jour, la route vers le Pacifique avait la réputation d'être dangereuse et, à moins d'être armé ou novice, les gens ne s'arrêtaient pas pour une voiture dans un ravin de peur de se faire dépouiller, ou pire. Ces photos donnaient à la scène l'allure d'un crime crapuleux. L'hypothèse n'était pas invraisemblable, il suffisait de lire les pages faits divers de nos journaux pour s'en persuader, mais le scénario de l'accident s'imposait à tous les autres et, en toute logique, c'est à cette conclusion que parvenait le rapport d'autopsie. Ils étaient morts, comme on dit, sur le coup. Hormis ce flou, le rapport contenait un certain nombre de détails, comme ce que Greta et Beppe avaient mangé avant l'accident. De peur que la malédiction ne se reproduise, je n'ai plus jamais touché aux *hue-*

vos separados. Pour autant, je n'ai pas arrêté de boire des *micheladas*, car les superstitions, n'est-ce pas, se fabriquent à la carte.

Je ne doute pas que le policier à qui échut la tâche d'annoncer la nouvelle à Carlos fut embarrassé de dire à un homme comme Carlos, séduisant et encore jeune, que sa femme était morte en compagnie de quelqu'un dont il était apparu, après vérification, qu'il n'était ni son frère, ni son cousin, ni son père, ni son fils. Je ne doute pas non plus que les policiers présents sur les lieux de l'accident en avaient eu l'intuition tout de suite, que l'adultère se voyait, dans les pois couleur lait menthe du foulard de ma cousine, dans la charpente gracieusement musclée de Beppe le nageur. Certains ont dû penser qu'il y avait un avertissement à saisir, et leurs femmes auront été surprises de recevoir des fleurs. Puis, quand l'identité de Beppe a été confirmée, ils ont ri, et le policier qui a révélé à Carlos que sa femme avait péri en compagnie d'un homme qui n'était ni son frère, ni son cousin, ni son père, ni son fils devait être d'autant plus embarrassé qu'il faisait partie des rieurs. Il n'était pas inhabituel que Greta fuie son mari réalisateur. Non pas qu'il y ait eu chez Carlos quoi que ce soit de tangible à fuir ; de la violence, pas une once. Greta avait le monopole de la fureur dans leur couple. C'est elle qui jetait au visage de celui qui s'obstinait à être présent la frustration d'une vie jugée trop petite, son regard noircissant venant remplir les pièces comme un champ surpris par un orage d'été. Carlos, pourtant, n'avait rien d'ennuyeux, au sens où on l'entend d'habitude. Il jouissait d'une vie sociale remplie, d'un esprit curieux, d'une façon de prendre les choses avec légèreté, et Dieu sait qu'au Mexique ce trait de caractère se révélait utile, mais Greta, avec lui, s'ennuyait et le fuyait. Et le trompait, car ma cousine, dans son ennui, n'avait pas beaucoup d'imagination.

J'ignore comment Carlos a accepté les faits. Je sais seulement qu'il avait été très amoureux de ma cousine. Au premier regard, les hommes qui croisaient le chemin de Greta avaient tendance à le croire. C'était après qu'ils venaient se plaindre qu'elle torpillait leur sommeil et leur amour-propre. Pas auprès de moi, bien sûr, mais auprès de membres éminents du microcosme à qui il revenait de faire et de défaire les rumeurs dans leur milieu. Quand il rencontra Greta, Carlos n'était pas marié. L'un comme l'autre n'auraient pu rêver rencontre plus cinématographique, et par là, je ne cherche pas à sous-entendre que la matrice de leur union avait quelque chose de superficiel, car s'il y a bien une chose que Greta m'a apprise, c'est à savoir différencier la forme de la surface. Leur rencontre eut pour cadre la nuit sanglante du 2 octobre 1968 que l'on appelle depuis, au Mexique, du moins que les personnes qui en parlent aujourd'hui au Mexique appellent la nuit de Tlatelolco. Carlos filmait depuis plusieurs semaines les manifestations d'étudiants et d'ouvriers dont les mouvements avaient convergé, comme dans un certain nombre de pays dans le monde en 1968, pour remettre en question le pouvoir en place. Au Mexique, on surnommait le parti unique qui gouvernait depuis trente ans le « gang des momies », c'est dire s'ils étaient nombreux dans notre pays à espérer voir souffler le vent du changement sur la Casa Presidencial. Le soir du 2 octobre, Carlos était présent, comme les autres soirs, avec sa caméra Super 8, sa moustache finement taillée et ses chaussettes en soie aux côtés de, ou plutôt au-devant de, car je ne crois pas que Carlos, à aucun moment, se soit considéré comme un manifestant lui-même, au-devant des standardistes, employés de la compagnie nationale d'électricité et étudiants qui, tous, à dix-sept heures trente, avaient le mot « *derecho* » à la bouche, heure prévue pour le coup d'envoi de ce rassemblement qui démarrerait, comme les autres, en retard.

Alors que dix mille personnes étaient réunies sur la place, des feux de Bengale avaient surgi derrière l'église, se croisant haut dans les airs, comme deux dragons au long cou sortant la tête de l'eau. C'est à cette minute que Carlos vit Greta. Sans être étudiante, puisque ma cousine n'avait pas fait d'études, elle avait suivi deux amis peintres aux Beaux-Arts, dont l'un ne survivrait pas à la nuit. Carlos la filma sans lui parler, sans qu'elle ne lui parle, dans ce moment en suspens où la fumée des fusées éclairantes commençait à recouvrir la foule, faisant disparaître l'église et les barres d'immeubles, les traces de transpiration sur les chemises, les ceintures calées au dernier cran sur ces corps très minces. Pendant quelques secondes, Greta se tint droite, les bras croisés, la bouche légèrement ouverte et le regard, en direction du ciel, brillant et courroucé, sa poitrine flottant sur ce brumeux nuage chimique d'un vert que la pellicule noir et blanc de Carlos avait heureusement effacé. Carlos sortirait en 1971 un film documentaire intitulé *Mexico 1968* qui serait interdit à la projection dans la semaine, et réautorisé trente ans plus tard, ce qui avait pour toujours dégoûté Carlos de filmer, comme on dit, le réel.

Je ne sais pas s'ils avaient, lui et elle, senti d'instinct le basculement qui s'opérait autour d'eux ou s'ils avaient laissé leur raison gouverner ; s'ils avaient compris tout de suite que les hommes qui tiraient appartenaient aux forces de l'ordre ou s'ils avaient pendant un temps imaginé qu'il pouvait s'agir d'une nouvelle branche violente et bien équipée du mouvement étudiant, mais ce qui est certain, c'est qu'ils furent très vite à plat ventre, l'un et l'autre, l'un à côté de l'autre, la tête de Carlos au niveau des chaussures de Greta, la tête de Greta au niveau des chaussures de Carlos, Carlos filmant le visage de Greta qui l'observait en retour avec surprise et intérêt, tandis que les balles sifflaient, comme des guêpes mortelles, d'un sifflement bref et sinistre, avant d'aller écorcher la pierre des colonnes ou de s'enfoncer dans les corps mous des présents. Autour d'eux un cortège de policiers en civil, reconnaissables au gant blanc qu'ils avaient choisi de porter ce soir-là pour éviter de s'entretuer dans la bataille, avait commencé à tirer sur la foule. Deux hélicoptères survolaient la place, balayant les corps dissimulés par la nuit de leurs puissants jets de lumière. Carlos avait eu le réflexe de les utiliser pour cette prise impromptue dont la bande-son était un mélange de rafales et de bruits d'écoulement d'eau venus d'un réservoir voisin. « Tu cherches à nous faire plumer, c'est ça ? » avait demandé ma cousine avec son sens bien à elle des règles de politesse, un menton furieux en direction de la caméra allumée. « Ça va se tasser », avait répondu Carlos, qui savait insuffler son flegme jusque dans ses chuchotements. Greta murmura pour elle quelque chose dont on imagine assez bien la teneur avant de se tourner à nouveau vers Carlos, qui filmait toujours : « Tu vois les filets sombres sur le sol ? C'est du sang, *querido.* » « Mais non, c'est le réservoir d'eau qui a pris une balle », affirma Carlos, pour la première fois alarmé. La paume des mains au niveau des oreilles, Greta réussit à produire l'une de ses moues exaspérées que je lui connaissais bien : celle qu'elle adressait aux gens qui ne moulinaient pas assez vite à son goût, créant chez elle la frustration de se sentir seule, loin devant. Mais parce que au fond l'inconscience de Carlos l'avait séduite — et sa tête aussi, Carlos avait toujours eu, mais encore plus en 1968, une tête très agréable à regarder —, Greta se fendit, au milieu du vacarme, d'une mise au point, sans perdre de vue les hommes au gant blanc qui avançaient par cercles concentriques sur la place. « Tu vois les jeunes hommes qui tremblent sous leurs casques, derrière le parapet en pierre, là-bas ? Ça, c'est l'armée. Et ceux qui font le tour de la place en tirant à l'aveugle ? Ça, c'est la police. » Dans le contexte, Greta avait pensé à ménager un court silence — une gourmandise d'actrice. « S'il y a une chose que j'ai retenue de la carrière de général de mon père, poursuivit-elle, c'est que, quand l'armée s'associe à la police pour intervenir quelque part, il faut partir en courant. » Une fille de général ? Elle n'avait pas la tête d'une fille de général, se dit Carlos qui, comme tous les centristes, n'appréciait ni les anarchistes ni l'armée. À peine avait-il eu le temps de digérer l'information qu'il vit Greta ramper dans la pénombre. Carlos n'eut pas le réflexe de la suivre, ce que Greta aurait plus tard l'occasion de lui reprocher, comme preuve, dès la genèse, de son manque d'initiative, de son incapacité à improviser, à faire confiance, bref, toutes ces choses que Greta, pour se distraire ou pour se calmer, lui jetterait au visage pendant leur vie commune.

Ce que Carlos ne pouvait pas deviner, cependant, et que Greta n'avait pas pris la peine de lui expliquer sur le moment — il aurait pu répliquer, plus tard, si Carlos avait été le genre d'hommes à compter les points, à arracher le dernier mot —, c'est que Greta avait la chance de bien connaître les lieux puisque ma mère et moi habitions dans un trois-pièces de l'une de ces barres à l'allure moscovite qui bordaient l'esplanade, rebaptisée depuis la place des Trois-Cultures. Les halls d'immeubles avaient été envahis par les forces de l'ordre et transformés en salles d'interrogatoire improvisées. Comment Greta s'était débrouillée pour rejoindre l'escalier de secours conduisant à notre appartement, je ne le sus jamais, mais il est certain qu'elle avait dû franchir au moins une ligne de pioupious accroupis derrière leurs boucliers. Je sais en revanche la tête qu'elle avait quand elle cogna à la porte-fenêtre de la cuisine, debout sur les lamelles de métal grinçantes de l'escalier à incendie. Assis à la table en face de l'évier, je dessinais à côté de ma mère, qui lisait, une cigarette à la main, nerveuse depuis que les bruits d'en bas avaient commencé à envahir la pièce. Elle ignorait pourtant que ma cousine se trouvait au rassemblement. En apercevant Greta, elle avait bien failli écraser sa cigarette dans son exemplaire du *Deuxième Sexe*: ma cousine avait du sang sur les bras, sur les joues, sur les tempes, sur la robe et sur les mollets. « Ils fouillent les appartements », avait dit Greta, le visage balayé par la tension et la fièvre, avant d'ajouter : « Est-ce qu'ils sont déjà passés ici ? » Ma mère avait fait « non » de la tête et, sans un mot, avait tiré Greta par le bras jusque dans la salle de bains, oubliant dans l'émotion de me donner des consignes — elle m'en donnait d'habitude chaque fois qu'elle quittait la pièce —, tandis que je continuais à dessiner, conscient que la situation exigeait le silence. Ma mère avait frotté les joues, les tempes, les bras et les mollets de ma cousine avec un gant de crin, jeté ma cousine dans un peignoir, sa robe et ses collants dans un sac qu'elle plaça sous la poubelle d'ordures ménagères odorantes de notre cuisine, puis lui avait enturbanné la tête dans une serviette-éponge. Elle alluma la télé et — ce fut les premiers mots que ma mère prononça depuis que Greta avait fait sa spectaculaire entrée — nous dit : « Asseyez-vous là. Vous restez ici. Si vous avez envie d'aller aux toilettes, ajouta-t-elle en me regardant, je vous donne l'autorisation de vous faire pipi dessus. » Cette phrase ajoutée à la discipline appliquée de Greta, qui rechignait en temps normal à obéir aux règles les plus insignifiantes énoncées par ma mère, provoqua dans ma tête une série de petites explosions.

Peu de temps après, on frappa à la porte. Ma mère ouvrit, fumant toujours. Nous la vîmes de loin se tourner vers nous, montrer le salon éclairé par l'écran, la jeune fille et le petit garçon sous la couverture de laine à rayures. « Vingt-deux et dix, pourquoi ? » Puis faire d'un index tendu vers le plafond le signe qu'elle ne laissait jamais Greta sortir, *no señor.* Trois hommes ont ensuite fait le tour de l'appartement, ouvert les placards, visité la salle de bains, le balcon. J'entendais mon cœur battre dans mes oreilles. Avant de quitter les lieux, ils demandèrent à ma mère où était son mari. N'était-il pas descendu sur la place ? Pour la première fois, ma mère eut l'air soulagée de déclarer que son mari l'avait abandonnée et qu'on ne l'y reprendrait plus, à épouser un Américain. Les hommes acquiescèrent avec une compassion toute patriotique, et ils partirent enfin. Ma mère n'en continua pas moins à nous donner des ordres brefs : « Toi, dit-elle en me désignant avec les deux doigts qui tenaient sa cigarette, dans cinq minutes, je veux les lumières éteintes. Et toi, dit-elle à Greta, je te mets un matelas dans sa chambre et jusqu'à nouvel ordre, tu ne bouges pas d'un orteil. » C'est à ce moment de la soirée que la chose la plus mémorable se produisit. Allongé dans mon lit d'enfant, dans le noir, avec pour bruits de fond les inquiétantes rumeurs de la place, je m'attendais à ce que Greta me raconte le rassemblement, comment tout avait éclaté, et aussi son retour héroïque jusqu'à la maison. Mais Greta me dit avec une timidité que je ne lui connaissais pas : « Jamón — ma cousine me surnommait Jamón, ce qui était charmant sauf quand elle s'y laissait aller en public — Jamón, je crois que j'ai rencontré quelqu'un. Il a une fine moustache, des chaussettes en soie, une caméra Super 8 et je ne sais même pas comment il s'appelle. »

Greta apprendrait son prénom peu de temps après, ainsi que la façon dont Carlos avait réussi à se sortir de cette nuit fétide — il s'était fait passer pour un journaliste de la télévision colombienne et avait réussi à monter dans un bus affrété pour les représentants de la presse internationale qui les avait déposés dans un hôtel du quartier de Colonia. L'inquiétude diffuse de la soirée avait pris une tout autre consistance quand d'abord on avait appris, par le biais de rumeurs, que des centaines de personnes avaient péri — le nombre exact reste à ce jour inconnu, car ainsi va ce pays qui pousse sur les secrets violents —, puis quand la délégation du Comité international olympique avait, les jours suivants, estimé que les conditions étaient suffisamment bonnes pour maintenir les jeux Olympiques d'été qui devaient avoir lieu dix jours plus tard, dans le même esprit, j'imagine, que le Comité avait, en 1936, trouvé les conditions suffisamment bonnes pour organiser les Jeux à Berlin. Ce terreau dramatique avait offert à Greta et à Carlos une rencontre d'une dimension tout à fait supérieure à celle d'un banal flirt, qui aurait peut-être été leur lot s'ils s'étaient rencontrés dans un restaurant du quartier de Roma ou un dimanche après-midi dans le bois de Chapultepec. Mais peut-être pas, qui peut le dire ? Un an plus tard, on nous invita au mariage et, ce jour-là, nous avons tous cru, et par tous je veux dire ma mère, moi et Greta elle-même, que Greta était guérie de son penchant pour l'inconfort excitant des chimères. Il fallait la voir sourire, d'un sourire calme qui s'étirait quand elle regardait Carlos, que je ne lui avais jamais vu avant et qui la faisait presque ressembler à sa mère, la défunte Maria. Peu émue par ces deux qualités dans le passé, Greta admirait la patience et la bonne humeur de Carlos. Lui qui jusque-là avait évité de s'engager dans des histoires longues, celles qui vous sapent l'espérance de vie comme un mauvais penchant pour l'alcool, se découvrait obsédé et fiévreux. Puis, comme d'autres réalisateurs tombés pour une actrice, Carlos avait appris en partageant une succession de matins et de soirs avec Greta qu'elle n'était pas seulement une voix, une main sur la hanche, le choc mélodieux des bracelets dans les escaliers, mais beaucoup d'autres choses aussi, des choses qui ont à voir avec la beauté quand elle croise les abîmes. Je ne blâme pas Carlos de ne pas avoir eu les épaules. Je ne blâme pas Carlos de l'avoir laissée prendre la route. Je regrette simplement que cette route ait existé.

2

Carlos m'appela deux ou trois semaines après l'enterrement de Greta. Le notaire lui avait fait part de l'existence d'une valise qui, selon le testament de Greta, m'était attribuée. S'il s'agissait de la valise à laquelle je pensais, et il ne pouvait s'agir que de celle-là, alors je connaissais son contenu. Il m'avait été révélé par ma cousine elle-même, il y avait quelques années de cela. J'étais surpris à plus d'un titre : je ne pensais pas que Greta pourrait me la confier un jour, ni qu'elle était capable de rédiger un testament. Est-ce qu'elle pressentait quelque chose ? Si oui, quelque chose de quel ordre ? Était-ce une intuition ou une formalité pour une orpheline sans enfant ? Nous caressons tous, je crois, la possibilité de mourir jeune, mais parmi ceux qui ont un jour formé ce fantasme, peu, j'en suis sûr, sont allés jusqu'à s'asseoir à une table pour écrire leurs volontés à l'âge de trente ans. Aveu tardif de la solitude qui enveloppait ma cousine, le testament de Greta existait pourtant. Carlos m'appela, donc, et j'entendis à sa voix qu'il redoutait un dernier pied de nez de sa femme depuis l'au-delà. Il aurait suffi que je lui explique, pour la valise, que je lui dise ce que j'en savais, mais son contenu n'était, à vrai dire, pas si linéaire et, dans le cadre de ce bref échange téléphonique, je me contentai d'être brouillon. Il faut dire que je ne suis pas très à l'aise au téléphone.

Le dimanche suivant, Carlos passa à mon appartement, situé au troisième étage d'une impasse feuillue. Redoutant le moment où je serais assis face à lui et deux tasses de café, je suis allé aider Carlos à monter la valise jusqu'à mon palier. Cette attention s'avéra inutile car, contrairement à ce que j'avais anticipé, elle ne pesait pas le poids de trois cagettes de pommes mais plutôt celui d'un sac à main de femme. Je n'avais jamais fréquenté Carlos avant la mort de Greta. Nous savions que mon rôle de confident auprès de sa femme avait compromis d'emblée notre relation, et c'était là un dommage moindre pour un homme aussi occupé que lui, et moindre aussi pour un homme solitaire comme moi. Carlos refusait d'être réduit à ce que, d'un point de vue administratif, il était devenu trois semaines plus tôt, c'est-à-dire un veuf, avec une énergie admirable. Il accepta le café que je lui proposai puis énuméra ce que Greta lui avait laissé des biens de ses parents. Je l'écoutai, rassuré, construire seul la charpente de la conversation, annihilant les silences avec cette courtoisie très répandue par chez nous. Quand, enfin, il s'arrêta de parler, absorbé dans la contemplation du cuir grêlé de la valise, je lui exposai en quelques phrases ce que Greta m'avait rapporté au sujet des propriétaires précédents de l'objet. Carlos parut soulagé, et ravi, par la nature de mes explications. Dans l'histoire de la valise, ce devait être la dernière fois que quelqu'un la trouverait un tant soit peu innocente. Après coup, ce détail m'a rendu Carlos sympathique. Il n'eut même pas le réflexe de l'ouvrir pour examiner son contenu, ce qui prouve sa bonne nature. J'aurais pu, après tout, lui avoir raconté n'importe quoi. Mais en ce qui concernait la valise, son honneur était sauf et, pour me remercier, il me serra dans ses bras avec une émotion virile. Puis il franchit la porte d'entrée restée ouverte. C'est la dernière fois que nous nous sommes vus.

J'ai hérité de la valise à la suite d'un coup de dés, c'est-à-dire comme les deux, non, les trois femmes qui l'ont possédée avant moi. Jamais mon nom n'aurait été imprimé dans les journaux si ma cousine Greta ne m'avait pas légué cet objet, c'est un fait. Sans la valise, il n'y serait vraisemblablement jamais apparu. Mes activités professionnelles ne justifient pas que mon nom soit imprimé quelque part, si ce n'est, de temps à autre, sur des fascicules ou des affiches. Mes courts-métrages sont projetés dans des festivals sans que les critiques les mentionnent, même pour en dire du mal, et je ne m'en plains pas. Mireille, mon ex-femme, s'en plaignait beaucoup. C'est sans doute pourquoi elle vit aujourd'hui avec un producteur célèbre à Mexico, dont le nom figure à chaque générique de film qu'il finance, en bonne place et en gros, juste après ceux du réalisateur et du scénariste.

3

Greta est la fille de la sœur de ma mère. Bien qu'elle soit morte depuis une trentaine d'années — j'avais alors vingt-quatre ans —, il m'arrive encore de parler d'elle au présent. Le fait que je ne sois pas allé à son enterrement n'y est pas étranger. Pour ma part, je pensais ne pas avoir le choix ; ne pas pouvoir faire autrement que de ne pas être là, et l'idée que Greta n'aurait rien eu à redire, étant donné tout le bien qu'elle pensait des raouts, des choses obligatoires, agissait comme un baume sur mon cœur déchiré. Selon le vœu de son mari Carlos, l'enterrement de Greta fut un événement mondain. Par goût pour les invitations, les listes, le bruissement réconfortant de l'entre-soi ou pour faire oublier le nom de Beppe et tout ce qui pouvait avoir trait à l'Italie ? Les deux, sans doute. Ma mère, une fois sa très grande colère retombée — ce n'était pas ma lâcheté qui la froissait mais le fait d'avoir été obligée de se rendre seule à l'église et, pour ajouter au caractère injurieux de la séquence, de devoir expliquer à ceux qui s'en enquéraient où j'étais et pourquoi je n'étais pas là —, sa très grande colère retombée, donc, ma mère me décrivit, avec un sarcasme velouté qui cachait mal sa douleur, les chapeaux à large bord des femmes, les chuchotements dans le dos de Carlos et toutes les horreurs que la bourgeoisie est capable de produire en de telles circonstances.

Enfant, j'avais demandé à ma tante, la mère de Greta, si les gens qui mouraient vieux arrivaient vieux au paradis et les gens qui mouraient jeunes, jeunes. Elle n'avait pas su me répondre. Je l'avais troublée. À la mort de Greta, il m'est arrivé de l'imaginer faisant son entrée là-haut grimée en vieille dame. Je ne sais si cela était lié aux études que je suivais alors, aux Beaux-Arts de Mexico, ou s'il s'agissait là d'un mécanisme comme un autre pour rendre acceptables les choses qui ne l'étaient pas, mais sa mort me venait représentée sous la forme de tableaux : un ciel foncé comme la mer, des anges à la peau vieux rose, des étoiles fixées comme à l'arrière-plan des icônes, et même une auréole autour de la tête de Greta. Pourquoi pas une auréole ? Elle l'avait déjà prouvé lors de sa courte mais dense carrière : tout lui allait bien, y compris ce cadre que je lui prêtais — un désert orangé où poussaient des palmiers aux troncs jaunes et aux dattes violettes, car dans mon esprit le paradis mexicain ne pouvait ressembler à aucun autre.

Mes pensées couraient, comme un mauvais vent, vers Beppe le nageur (avec Greta, nous ne l'avions jamais appelé autrement que Beppe le nageur ; au fond de moi, je pensais à Pépé le putois, et cela suffisait à me réjouir). On a tort de croire que la jalousie disparaît avec la mort. Je ne dis pas qu'il s'agit d'un sentiment intéressant, je dis simplement que la mienne a survécu à la disparition de Beppe. Cet homme que Greta — en tout cas, j'osais l'espérer — n'avait pas choisi pour sa personnalité mais pour les paysages qu'il lui promettait de traverser avec elle, je le méprisais avec autant, et peut-être plus, de vigueur depuis que je l'avais vu en photo sur le siège passager de la voiture de Greta. J'aimerais me souvenir avec moins de précision de la première fois où il m'a été donné de rencontrer Beppe. Greta le présentait encore comme un ami et, si leur liaison n'avait pas déjà commencé, elle était toute proche de l'éclosion. Nous avions bu l'apéritif chez Greta avant d'aller au Teatro de la Ciudad et j'avais pris soin de m'asseoir aussi loin que possible du canapé sur lequel Greta avait arrangé un drap rouge dont les rainures rappelaient celles de la robe qu'elle portait ce soir-là, et où elle et Beppe bavardaient, chacun réjoui de la présence de l'autre. Depuis la fenêtre ouverte j'apercevais le mur de la cour le long duquel poussait à la verticale un rang de cactus en forme de « i » et, par-dessus le mur, j'avais vu les collines de la ville s'allumer les unes après les autres à mesure que le ciel s'assombrissait.

Beppe m'était tout de suite apparu comme un homme satisfait des attributs culturels de son genre — muscles, séduction vaseuse, autorité, paresse —, et moi, pour qui la virilité semblait une montagne infranchissable, un objectif auquel j'avais déjà renoncé, j'étais à la fois envieux et consterné devant cette personnalité à l'intelligence quelconque, inversement proportionnelle au bruit qu'elle produisait et à la place qu'elle occupait dans la pièce. Jambes pliées, mains sur les genoux, tout à la fois amusée et fascinée, Greta écoutait celui qui avait à peine interrompu son monologue sur le vin toscan (« *più morbido, più vellutato* ») quand j'étais arrivé. Ma grande crainte était que Greta descende à la *vinatería* El Famoso, au coin de la rue, et me laisse seul avec lui dans l'espoir que nous fassions connaissance. Mais Greta savait qu'il y avait peu de chances pour que nous sympathisions. Elle voulait que je le renifle, pas que je l'apprécie ou lui fasse, après coup, des compliments. Son choix était fait et, pour cela, elle n'avait pas besoin de ma validation.

Pourquoi Greta se sentait-elle opprimée était la question à un million de pesos que Beppe n'aurait pas le temps de se poser et à laquelle Carlos avait prudemment choisi de ne pas répondre. Prisonnière de sa peau, prisonnière de son statut, prisonnière de son mariage et de sa maison, qu'elle adorait pourtant, Greta était l'incarnation de l'intranquillité. « Avec tous ces meubles, Jamón, c'est comme si j'étais enchaînée aux dalles. Je me sens lourde comme cette commode, usée comme ce tapis de soie. » Je lui disais, croyant lui faire plaisir : « Greta, tu ne ressembles pas à une commode, mais à un cerf-volant ! » Elle répondait, de la dureté dans le regard : « Les cerfs-volants ne volent pas, Jamón, ils ne font que planer parce que quelqu'un tire leur ficelle. » Chaque semaine, elle prétendait vouloir changer de métier. Elle élèverait des chèvres. Elle deviendrait cosmonaute — c'est vrai, elle avait toujours aimé les mathématiques et les grands voyages. Et pourquoi pas maire de Mexico ? Il y en avait certainement eu des plus bêtes, et des moins charismatiques.

Parce qu'il lui offrait sur un plateau les cent une vies dont elle rêvait, son métier d'actrice aurait dû la combler. En réalité, quand elle se plaignait de ne pas avancer, de faire du surplace, c'est qu'elle s'était auparavant épuisée à la tâche, la tâche infinie qui consistait pour elle à se surpasser. Que faisait Beppe le nageur dans ce tableau ? C'est la question que je me posais en les écoutant parler de la Toscane sur le canapé rouge, sous un portrait de Carlos où il apparaissait élégant, comme toujours, chemise rose pâle et pantalon à plis, bras dans le dos et tête dissimulée par un buisson en forme de nuage. Inutile de préciser que Greta était l'auteure de ce portrait. La soirée me parut longue comme la semaine, mais j'étais trop timide pour inventer une excuse et m'échapper. Il me fallut donc supporter l'intégralité de l'adaptation d'*Oncle*

Vania assis dans un fauteuil grinçant à côté des deux futurs amants, et encore un dîner dans une *cantina* attenante au théâtre, rue Donceles, pendant lequel Beppe le nageur se vanta de ne pas aimer Tchekhov. Plus tard, je trouvai la réplique que j'aurais dû lui asséner, et qui aurait fait hurler Greta de son rire méchant : « Toi qui es un grand romantique, tu devrais essayer de lire son journal, *L'amour est une région bien intéressante* ! Mais sais-tu seulement lire, Beppe ? Est-ce qu'en Toscane ils vous apprennent à lire, ou seulement à nager ? » Bien sûr, j'étais resté silencieux. Hostile mais silencieux. Heureusement, Greta n'avait pas eu l'air de juger pertinente l'opinion de Beppe le nageur concernant le grand Anton et nous avions — et ils avaient — changé de sujet. Elle préférait sans doute quand il évoquait la recette des olives all'ascolana de sa grand-mère ou son record en nage libre — il avait, paraît-il, traversé le Bosphore en crawl, à Istanbul ; vraiment, qui s'intéressait à ces choses-là ?

J'imagine qu'avant de parler du Bosphore il lui avait vanté la maison de famille sur les collines, les soirs mauves, les olives d'un vert impressionniste, le franciacorta qu'ils boiraient à la bouteille depuis la grande terrasse en pierre avec vue sur la place, vestige d'un Moyen Âge éclairé, les colonnes, les lourdes portes, les lustres sous lesquels il lui murmurerait de sa voix suave « *Tutta bella la Toscana* ». Greta faisait partie de ces gens qui fantasment l'avenir chaque jour, qui chaque jour rêvent de voir leur avenir métamorphosé, et quoi de plus séduisant que l'avenir sous les citronniers, pendant les longues soirées de l'été méditerranéen, avec quelque chose de frais et de pétillant dans la bouche ? Que Greta ait pu se laisser embabouiner par cette promesse simpliste, cette bluette, me faisait déjà avant sa mort écumer d'une fine mousse de rage. Après sa mort, ma jalousie empira. Alourdie d'une colère longue comme l'équateur, elle dévorait mes nuits. Je les passais à construire depuis mon lit des barrages tardifs entre Greta et le destin. Mais à l'aube, le destin l'emportait toujours.

4

Greta se plaignait souvent que Mexico ne soit pas au bord de la mer. « Imagine, Jamón, elle disait en regardant depuis la fenêtre du premier étage de l'avenue de los Insurgentes, si on pouvait d'ici entendre les mouettes ! Et sauter dans l'eau ! » Pendant les semaines de mars qui suivirent sa disparition, je marchais dans le centre-ville, imaginant les rues immergées, la poussière se dissolvant dans la masse bleue, les voitures, les taxis et les minibus flottant soudain, transformant ainsi les embouteillages interminables en petits phénomènes obsolètes. Mais Mexico n'aurait pas pu être plus éloigné de l'océan. Rien, à Mexico, ne flottait. Les seuls qui échappaient à la cuvette bondée le faisaient par les airs et, tout en évitant la ville, la polluaient du ronronnement lourd des pales de leurs hélicoptères de location. Les colons espagnols avaient laissé à la postérité de très émouvantes descriptions de leur arrivée sur le plateau de Mexico, avec vue en contrebas sur celle qui deviendrait l'une des villes les plus peuplées du monde — si émouvantes, et c'était là le but, qu'elles pouvaient faire oublier qu'il s'agissait d'une invasion, et pas d'un pique-nique. L'année de la mort de Greta, il restait encore, dans le centre-ville de Mexico, quelques belles façades en faïence de facture coloniale mais, en trois décennies, ces maisonnettes avaient été balayées au profit de hauts immeubles en verre fumé dont la modernité virile aurait probablement déplu à Greta. Pour autant, ma cousine n'était pas une adepte du « c'était mieux avant ». Elle disait que, pour les femmes, il n'y avait pas de « c'était mieux avant » qui tienne. Elle affirmait que le principe inverse, « ce sera mieux après », était la seule chose qui lui donnait assez d'élan pour se lever le matin.

Pendant les premières semaines qui suivirent la mort de Greta, je fis de grands détours pour éviter sa maison de l'avenue de los Insurgentes. À cet âge-là, je croyais qu'il suffisait de dissimuler l'objet de mon chagrin pour le faire disparaître. Mais Greta apparaissait sous des formes improbables : la table en formica saumon d'une *cantina* me rappelait sa jupe préférée ; dans un autre restaurant, sur le mur en crépi orné de roses peintes, un panneau « ¿ Qué hacer en : sismos ? 1- conserve la calma, 2- no use elevadores, 3- localice la ruta de evacuación » me renvoyait à la fois où, j'avais alors huit ans, Greta s'était jetée sous la table du salon avec moi pendant une secousse et, en me serrant très fort, m'avait dit de sa voix la plus détendue : « Ce n'est rien, Jamón, c'est la Terre qui ronfle. » En passant dans la rue devant un haut mur au sommet duquel avaient été collés dans le ciment frais des tessons de bouteilles, je ne pouvais pas m'empêcher de penser à Greta en regardant se balancer derrière lui, avec la violence de quelqu'un qui cherche à s'extraire, un palmier, un élégant palmier solitaire. Et bien sûr, je pensais à Greta chaque fois que je croisais une décapotable — quelle que soit la couleur —, et je revoyais Greta, non pas après l'accident, comme on aurait pu le croire (les photos étaient si irréelles que je n'étais pas sûr qu'elles aient sur moi la force du traumatisme), mais avant, durant les heures glorieuses passées au volant de son rutilant habitacle, les seules peut-être qu'elle aurait qualifiées de libres, ou d'heureuses. À l'occasion, elle m'emmenait dans les virages en tête d'épingle de l'Autopista del Sol, ce qu'en général j'avais la présence d'esprit de ne pas raconter à ma mère. Et quand je regardais avec frayeur les rapaces qui tournaient en cercles lents au-dessus de nos têtes, elle se moquait : « Bien sûr que ce sont des vautours, Jamón. Pourquoi penses-tu que ce canyon s'appelle le Cañón del Zopilote ? »

Pendant cette période, il m'arriva de faire des choses bizarres, la plus notable fut sans doute que j'allai prier. Il faut dire que Greta avait eu l'élégance de mourir en pleine Semana Santa. Devant les portes en fer forgé des chapelles proliféraient des stands de feuilles de palme nattées et rehaussées de fleurs, pour le mercredi des Cendres, tandis que le reste de la ville se vidait, le souffle comme coupé. Je savais que les habitants de Mexico étaient partis en famille vers les promesses du littoral mais je ne pouvais pas m'empêcher de penser que, peut-être, Mexico rendait hommage à Greta. Muni de l'un de ces christs en osier que vendaient les femmes qui faisaient d'habitude de la horchata, à une rue de la cité universitaire où j'avais vécu jusqu'à tout récemment, j'allai m'effondrer sur un banc à l'intérieur. Au début, j'avais honte à l'idée qu'on puisse démasquer le non-croyant que j'étais, et aussi d'avoir besoin de ce que ma mère m'avait enseigné être une béquille, mais la fraîcheur du lieu, son atmosphère de grotte m'apaisaient et, si je n'en parlais à personne — je parlai très peu ces semaines-là —, j'y allais régulièrement. C'est seulement au bout de quelques visites qu'en sortant je fus frappé par un écriteau accroché au-dessus de la porte : « Defende nos in proelio ». Je ne parlais pas le latin, mais cette phrase, dont le sens vint me percuter comme à travers un voile antique, m'aida. Ceux qui se sont déjà sentis aussi vulnérables que je l'étais à ce moment-là savent que les choses les plus insignifiantes font parfois les plus solides radeaux.

5

Ma cousine et moi étions, en quelque sorte, l'élément le plus probant de la vie de l'autre, une balise. Même si nous n'avons jamais vécu ensemble, et malgré les années qui nous séparaient, nous avons été quasiment frère et sœur. Moi, élevé seul par ma mère, et elle, orpheline. Les parents de Greta, qui avaient quinze ans d'écart, étaient restés sans enfant pendant toutes leurs années à l'étranger. À leur retour d'Europe, ils eurent Greta ; dix-huit ans plus tard, ils étaient morts tous les deux. Ma mère a échoué à convaincre Greta de s'installer chez nous le temps de terminer son lycée. Celle-ci préférait, et on peut la comprendre, « courir le guilledou », selon son expression. J'ai une ou deux fois surpris ma mère en train de prier dans la cuisine, ce qui chez nous était tout à fait inhabituel. Mais la jeune héritière ayant franchi la barre de la majorité, rien ne pouvait légalement l'empêcher de sauter à pieds joints dans le monde cannibale. Accablée par l'argent et la liberté, Greta préféra voler des hommes dans des voitures et c'est, comme on l'a vu, ce qui devait la conduire à sa perte.

Avec Greta, nous avons passé de longs étés à Puebla, quand nos grands-parents étaient encore en vie, et après, aussi, quand ce fut au tour des parents de Greta d'occuper la maison rose, pour les fins de semaine ou les vacances. Ma mère sortait rarement du centre de Mexico, et à l'intérieur du centre de Mexico, des zones fréquentées par les libéraux de gauche, pacifistes, tiers-mondistes et végétariens, mais pas forcément féministes, du centre de Mexico, et répugnait à revoir la ville conservatrice de son enfance. Je ne sais pas si c'est parce qu'elle ne voulait pas se voir rappeler ses origines bourgeoises que ma mère n'allait jamais à Puebla ou parce qu'elle avait peur de trouver dans ses origines un certain confort, une accalmie dans sa vie tempétueuse qui mettrait à plat toutes ses convictions progressistes. Le trajet se faisait souvent avec

Greta et ma tante, dans la voiture de mon oncle, en l'absence de mon oncle, car les Ortega avaient les moyens d'employer un chauffeur. Là, comme dans tous les lieux où nous nous retrouvions ensemble, Greta m'envahissait de ses vérités qui me mettaient mal à l'aise autant qu'elles me permettaient de voir par-dessus le mur épais de l'enfance. Greta m'expliquait par exemple que les poils des femmes poussaient plus vite quand il faisait chaud ; que toutes les femmes n'aimaient pas les bijoux et les fleurs, mais que toutes les femmes aimaient qu'on leur caresse les cheveux ; que leurs règles provoquaient parfois dans le bas-ventre des douleurs comparables à celles d'une crise cardiaque. Elle disait aussi des gens qu'ils ressemblaient à des chevaux, à des poissons ou à des oiseaux. Je m'insurgeais : Non, ni moi ni ma mère n'avions la tête d'un cheval, d'un poisson ou d'un oiseau. « C'est parce que tu ne regardes pas vraiment dans le fond du miroir, Jamón, me répondait Greta. Sinon tu verrais bien que ta mère ressemble à un cheval et toi, à un oiseau. » Je lui demandais de quelle façon il fallait regarder le miroir. En penchant la tête ? En bloquant sa respiration ? Ma cousine souriait alors mystérieusement.

Greta passait son temps à ouvrir les fenêtres et moi à regarder à travers elles. Elle avait chaud, elle avait soif, elle avait besoin d'horizon tandis que je me perdais dans la contemplation de la végétation robuste qui poussait dans la cour intérieure de la maison rose de Puebla, sur laquelle donnaient les chambres. Notre grand-mère nous interdisait d'aller au-delà de la rue des garagistes. Nous y allions quand même pour voir ce monde où les hommes, souvent jeunes, passaient la journée le dos contre les murs de la ville, si bien que Greta surnommait le Mexique « ce pays où les murs ont besoin des hommes pour tenir droit ». Je regardais Greta tracer des diagonales dans ces pièces qu'elle remplissait de sa voix grave, si grave qu'elle avait écourté son enfance de plusieurs années. Ça n'avait surpris personne qu'elle cherche à devenir actrice. Il n'y avait pas un repas qui ne se finisse sans que Greta chante ou défile. Sa mère ne disait rien, son père applaudissait, tandis que ma mère déplorait en silence qu'on lui donne autant d'attention. Ma cousine n'avait pas seulement ce talent pour prendre la pose et ensorceler son entourage (un talent considérable qui se suffit d'habitude à lui-même), elle avait aussi un jugement très sûr des caractères comme des productions artistiques. Sa quête inassouvie de pureté, d'émotion, combinée à sa confiance en elle, en faisait une très bonne lectrice, spectatrice, et dans la vie privée, une conseillère des choses amoureuses. C'est elle qui m'a appris à me méfier des gens qui ne lisaient pas, ou peu, de littérature contemporaine. Greta disait que c'était une preuve de manque de courage, qu'il n'y avait rien de plus formateur que d'exercer son jugement de lecteur sans avoir attendu que les siècles élisent à votre place ce qui méritait d'être lu. C'est elle aussi qui m'a emmené sur le chemin du cinéma. Toutes ses recommandations me paraissaient aller de soi à l'époque. Parmi cette sélection de chefs-d'œuvre, je ne voyais pas se dessiner alors la subjectivité de Greta. Qu'il s'agisse des films de Buñuel ou encore des *Valseuses* de Bertrand Blier, les films préférés de Greta avaient en commun d'être des films de rupture. J'ai essayé de m'émanciper des goûts de ma cousine pendant mes études de cinéma, dont je pensais qu'elles allaient me donner une légitimité nouvelle à ses yeux, mais Greta portait comme un étendard son apprentissage autodidacte, si bien que, quand je lui parlais avec passion de mes découvertes hollywoodiennes, comme *The Big Sleep* ou *Casablanca*, Greta se moquait de mes penchants, qu'elle disait venir de mon père.

6

Je sais aujourd'hui que Greta n'avait parlé de la valise à personne d'autre, et je ne peux pas m'empêcher de me sentir flatté. Greta m'avait révélé son existence alors que j'étais encore étudiant, sans me montrer les négatifs, ni me préciser qu'elle me la léguerait un jour, car ces choses-là ne se disent pas quand on est jeune. À l'époque, j'habitais dans l'une des barres de la cité universitaire, où l'on faisait sécher son linge aux fenêtres. Comme on l'imagine, il y avait toujours quelqu'un pour jouer de la guitare sur un banc et des rires dans les couloirs, qui résonnaient très fort, jusqu'aux montagnes qui encerclent la ville. Un soir, Greta avait sonné à ma porte. Il n'arrivait pour ainsi dire jamais que ses tournages aient lieu à Mexico et je lui en voulais de me laisser seul dans ce qu'elle appelait la « capitale avachie ». Quand elle revenait, elle me hélait sous la fenêtre, puis montait jusqu'au premier étage où j'habitais, pieds nus sur les escaliers en ciment, au milieu des odeurs de lessive et de joints. Assise à même le sol, elle me racontait des histoires. Le plus souvent, il s'agissait d'anecdotes de tournage, car Greta connaissait mon faible pour les célébrités. Il arrivait aussi qu'elle me parle avec lassitude de son mari, Carlos, ou encore qu'elle explore des épisodes de notre vie familiale. Elle prenait plaisir à décortiquer les histoires de cœur supposées de nos deux mamans, et à me voir agiter les mains, criant comme un porcelet: «Je ne veux pas savoir ! » Ce soir-là, Greta revenait d'un tournage à Chicago et allait plutôt bien. Elle n'avait pas ce ton sarcastique qu'elle adoptait de plus en plus souvent quand elle avait bu. Elle ne souffrait pas non plus de l'une de ces migraines qui l'obligeaient à rester allongée dans le noir avec un gant mouillé sur le front, jusqu'à ce que le mal, mystérieusement, reflue. Sans entrée en matière, elle me dit: «Jamón, tu te souviens de la malle, dans la chambre de Maman ? » Je me rappelais en effet cette console recouverte d'un tissu bleu surpiqué de fleurs mauves sur laquelle je m'asseyais, petit, pour la regarder essayer les nippes de notre grand-mère. Et je m'en souvenais d'autant mieux que, après son mariage, Greta avait emménagé dans la maison de ses parents sans en changer le mobilier.

Comme toutes les maisons mexicaines, celle de mon oncle et ma tante avait l'allure d'un musée endormi: des perroquets en bois peint faisaient office de cadres pour les miroirs, des crânes fleuris servaient de presse-livres à la collection de romans et de poésie espagnole, anglaise, française, argentine, chilienne, mexicaine, nahuatl et caribéenne de mon oncle, des bouquets de lys et de fleurs sauvages ornaient les couloirs jugés trop vides, des tableaux de thème pastoral couvraient les hauts murs et, bien sûr, une sculpture du Christ sur sa croix et un autel à Marie, encadré de guirlandes lumineuses et de roses en plastique, décoraient le vestibule qui conduisait aux chambres à coucher, ainsi que de gigantesques pots en céramique verte, produits par un artisan d'Oaxaca en hommage à l'agave. Tout ce petit monde se faisait la course jusqu'au plafond comme dans une canopée du Chiapas. À la réflexion, il aurait été étonnant que Greta forme entre ces murs une autre vocation que celle de comédienne, si ce n'est exploratrice. Depuis toute petite, ma cousine était convaincue que se trouvait dans la maison de ses parents un trésor dissimulé par des dieux taquins, comme d'autres se persuadent qu'ils ont été adoptés et se réveillent au milieu de la nuit pour vérifier qu'on ne les a pas abandonnés en douce. Elle se livrait à de grandes fouilles pour arriver à son but — une certitude qui, étant donné la suite des événements, m'a fait revoir avec affection les prétentions de Greta en matière de sixième sens. Mais de tous les objets soupesés, retournés, secoués par ma cousine dans l'espoir de les voir découvrir un morceau de squelette ou une pluie d'écus, jamais la malle recouverte de ce tissu à fleurs rapporté de Tachkent, sans doute trop en évidence pour paraître digne de soupçons, n'avait été inspectée comme il fallait.

« Tu te souviens de la malle, Jamón ? » me dit Greta alors qu'elle revenait de Chicago et que nous buvions du vin chilien, moi, assis sur le rebord de la fenêtre, face à la nuit du campus, elle, debout, les yeux très noirs, les lèvres très rouges. « C'est une malle qui contient une valise très particulière. Une valise, pour ainsi dire, magique », ajouta Greta, désormais assise à genoux sur le sol. Je comprenais chacun des mots de sa phrase, mais toute signification omettait de venir couronner l'ensemble. « Ma mère l'a fait sortir d'Europe pendant la guerre », continua Greta. « Pendant la guerre ? » émis-je, tandis que ma cousine, qui s'était déjà relevée, traçait de ses pieds nus sur le carrelage une boucle en forme d'infini. L'air frais de la pièce sentait le bois, et je me souviens d'avoir trouvé l'odeur inhabituelle, et même suspecte. Quelqu'un faisait-il un feu dans un coin aveugle de l'une des pelouses râpées du campus ? Greta me révéla que ma tante Maria, celle qui ne s'aventurait hors de son jardin que pour se rendre à la messe, avait rapporté au Mexique une valise contenant des bobines et des poignées de négatifs ayant appartenu à trois photographes partis couvrir la guerre d'Espagne. Parmi ceux-là, je connaissais un peu le nom de Robert Capa — la controverse du soldat qui tombe sous les balles, les portraits d'Hemingway sur le front —, mais ces histoires venaient comme de par-dessus l'océan, d'une époque lointaine, et le lien entre eux et notre famille ne m'apparaissait pas clairement. Il ne me paraissait pas important non plus. « Ah bon ? » lui dis-je bêtement, au lieu de me ruer sur les détails, tel un journaliste, et d'aspirer à force de questions un morceau de vérité. Greta m'a demandé de mettre de la musique joyeuse. Nous n'avons plus parlé et elle a fini par partir. Quand nous nous sommes revus la fois d'après, c'était comme si cette scène n'avait jamais eu lieu.

7

J'ai fini par comprendre que Greta ne tenait pas à me montrer le contenu de la valise. Ça n'avait pas été énoncé clairement mais, le moment venu, un obstacle m'empêchait toujours avec à-propos de le voir. Carlos rentré inopinément pour le déjeuner. Une journée trop poussiéreuse. Les soupçons de la femme de ménage. Greta avait peur d'abîmer les négatifs. Elle les protégeait en les couvant. N'ayant pas pour habitude de réclamer quoi que ce soit, je ne demandai pas à les voir. Mais Greta m'ayant promis de me les montrer (« Tu verras quand... », « Tu comprendras quand... »), j'attendais mon heure, et celle-ci ne venant pas, je me vexai. Greta avait développé vis-à-vis de la valise, qu'elle ne nommait plus qu'au féminin de la troisième personne du singulier, et encore, à voix basse, un regard presque mystique. « Je la *sens*, Jamón », m'avait-elle dit un jour, avec ses yeux profonds qui m'effrayaient un peu. Il me semblait qu'elle exagérait, qu'une valise de reliques ne pouvait en aucun cas produire ce genre de bouleversement. Cherchait-elle à se faire remarquer ? Dans ce cas, pourquoi n'en parler qu'à moi ? Du haut de mes vingt ans, je décidai de faire preuve d'indulgence : si le comportement de Greta était si erratique, c'était parce que la valise lui avait été remise par sa mère, qui n'était plus là pour en parler. Pour l'essentiel, ma cousine n'avait pas été très transparente : les indiscrets sont souvent plus cachottiers qu'on ne le pense. Elle ne m'avait pas dit, par exemple, à quel moment, ni de quelle façon, sa mère lui en avait parlé. Si elle lui avait remis la valise comme ça, de la main à la main, ou si, comme Greta devait le faire avec moi, Maria l'avait inscrite sur son testament sans rien préciser. J'aurais dû insister auprès de Greta, je m'en rends compte aujourd'hui, mais qu'y puis-je si les familles sont tissées de fils conducteurs approximatifs ?

D'après ce que je croyais savoir avant d'en hériter, les négatifs que contenait la valise avaient tous été publiés dans des journaux et des magazines pendant la guerre d'Espagne. J'apprendrais plus tard que cette conviction était tout à fait inexacte. Voyant grandir l'obsession de ma cousine pour eux, je développai une lecture marxiste de l'affaire : l'inclination de Greta pour cet art qui avait immortalisé des générations de nantis dans des poses grotesques, ici appuyés sur une colonne en toc, là sur un palmier capitonné, faisait d'elle une victime des goûts de sa classe et ressortait, éclatante, avec la dévotion qu'elle portait à ce lot. Depuis son invention, le daguerréotype, comme tous les arts bourgeois, était allé traîner dans les rues pour chercher une saveur démocratique. Qu'avec l'invention du Leica de poche de jeunes gens bien nés se soient précipités dans la guerre pour prendre en photo des victimes du calendrier politique n'avait rien d'étonnant. Les portraits d'Espagnols de Capa diffusaient le même romantisme que les portraits de paysans de Caillebotte. Leur valeur artistique n'était pas contestable, me disais-je, mais leur représentativité, beaucoup plus. Je n'étais pas peu fier de cette analyse, et si je n'avais pas été aussi indécis, il ne fait aucun doute que je me serais lancé dans l'écriture d'un essai promettant de faire la peau, une fois pour toutes, à la photographie. Heureusement, la timidité me retint de partager avec le monde cette lecture.

Ainsi, je vis les négatifs pour la première fois le jour où Carlos apporta la valise chez moi. Quand il quitta mon appartement, je me retrouvai seul avec elle. Naturellement, je l'ouvris. Je découvris deux boîtes de couleur, ainsi qu'une enveloppe jaune, l'air sage au fond de leur étui disproportionné. Les boîtes contenaient les bobines. Chacune était encadrée à la verticale par quatre planchettes, confortablement emmaillotée. Dans l'enveloppe jaune se trouvaient les négatifs. Je n'aurais pas su dire qu'il y en avait des milliers. Quatre mille trois cents : on me l'a appris plus tard, quand tout a été fini. De ces boîtes plates et frêles se dégageaient une aura, un parfum de « Ça a été ». Si la chambre mortuaire de Toutankhamon sentait le sable, le cuivre et les os, ces boîtes-là sentaient encore la poussière, le triomphe et les larmes. Je fis glisser les négatifs au bas de l'enveloppe, sur la table basse de mon salon, sans oser les toucher. Ils tombèrent sans résistance et sans bruit, ou presque — un léger chuchotement tout au plus. Je regardai les ombres et les silhouettes, illisibles hors du halo d'une source de lumière directe, sans savoir par quel bout commencer l'observation, si tant est qu'il y ait eu un bout. Greta ne m'avait rien dit à ce sujet non plus, me laissant seul face à la frayeur de la découverte. J'aurais aimé que quelqu'un, par-dessus mon épaule, me lise les légendes manquantes comme les *explicadores* le faisaient dans les salles de cinéma, au temps des premières projections, quand le public n'avait pas encore intériorisé l'étrange narration du montage. Je fermai les rideaux, puis les pris l'un après l'autre, pas tous, mais au moins une centaine, entre le pouce et le majeur, l'arête du négatif contre la pulpe des doigts, et les soumis à l'épreuve de la lumière avec solennité, sous l'abat-jour de mon salon. Cette lumière qui les avait capturés sur la pellicule leur donnait vie à nouveau. Il y avait dans ce procédé quelque chose de total, de l'ordre du cycle parfait, qui m'intimidait. D'un côté, la guerre en action, matérialisée par des sacs de sable, des uniformes, des chars, des armes, des gradés le nez sur une carte. D'un autre, les villes en guerre, avec leurs défilés, leurs tribunes, leurs journaux, leurs poings dans l'air, leurs immeubles détruits. Et puis ailleurs, ou plus tard, les réfugiés, sur les routes, de face, de dos, les réfugiés partout, sur les routes, sur des plages, nombreux, seuls. En dehors de ces trois catégories sommaires apparaissait une galerie de visages. Ils allaient mourir, conjugués à l'infini du futur antérieur. Cet enfant-là, cet enfant-là n'était pas mort puisque je le voyais. J'imaginais le prénom de sa femme, sa retraite dans les années 80 à Valence et ses traits de vieillard, d'une beauté métallique. L'examen dura une petite heure. J'en sortis la tête alourdie, comme on sort d'une nuit trop longue, au cours de laquelle aurait crépité sans relâche le flash de rêves aussitôt oubliés. Je me levai pour me servir un verre de ce mezcal fumé que j'affectionnais alors. À l'époque, cet alcool incarnait à mes yeux la quintessence de l'homme entré dans l'âge adulte. Il m'arrivait même de le boire avec une tranche d'orange et des criquets revenus à la poêle, comme dans les cafés pour touristes. Ce jour-là, je me suis contenté d'ouvrir le bar en bois, sur lequel était gravé un corbeau abritant de son aile les premiers hommes à avoir peuplé l'Amérique, et de me servir un verre, que je bus debout. À mon retour, il me parut grossier de laisser les négatifs traîner sur la table. Dans ma précipitation à les rapatrier dans l'enveloppe jaune, j'oubliai que j'avais voulu éviter de les toucher avec mes doigts. En attendant de trouver mieux, croyais-je, je plaçai les deux boîtes et l'enveloppe dans l'armoire de ma chambre, sur une pile de draps destinés aux éventuels invités, tandis que la valise atterrissait au pied de mon lit, solide support pour les journaux et les livres qui envahissaient le sol.

8

Omettant de lui préciser que je connaissais l'existence de la valise depuis plusieurs années, car il était inutile de brouiller ma mère et ma cousine une fois de plus dans des circonstances où toute réconciliation était impossible, j'ai fini par confier à ma mère ce que Greta m'avait légué. Depuis que j'avais quitté notre immeuble de la place des Trois-Cultures pour la cité universitaire, puis pour mon appartement de Coyoacán, où je vis encore, j'avais pris l'habitude d'aller déjeuner chez ma mère tous les dimanches. Malgré sa hantise des rituels, elle avait accepté cette routine. Ma mère n'avait jamais appris à cuisiner, croyant que ce talent, si cultivé, ferait s'effondrer le mur de ses revendications féministes comme par magie, et c'est pourquoi, chaque dimanche, elle descendait nous acheter des *tortas* au fromage suisse qu'une vieille dame vendait à l'entrée du parc. J'avais attendu pour me lancer que ma mère repousse son assiette où trônait une moitié éventrée de *torta* et dise comme chaque fois : « Vas-y toi si tu veux. Si je la finis, je vais être malade. » Là, je lui avais expliqué, comme plus tôt à Carlos, ce qui avait eu lieu à notre insu, il y a si longtemps que Greta et moi n'étions pas encore nés. Ma mère, après m'avoir écouté, le sourcil à hauteur de plafond, balaya toute l'histoire d'un mouvement horizontal du bras, du genre que font les policiers chargés de la circulation sur le Zócalo :

— Ne me dis pas que tu crois cette histoire ?

Ma mère portait sur son visage l'air consterné qu'elle avait eu quand elle m'avait croisé, plus jeune, sortant de l'un de ces bars du centre-ville dont l'entrée était barrée d'un lourd rideau de velours rouge.

— Je suis bien obligé de la croire puisque j'ai vu les négatifs. Ils sont dans ma chambre.

— C'est la preuve que ta tante les a sortis d'Europe ?

— Et sinon comment Greta les aurait récupérés ?

— Ta cousine ne savait pas vivre les deux pieds dans le réel, et toi, tu la suis jusqu'à la lune dans ses mensonges.

— Ça ne lui faisait pas plaisir non plus d'imaginer sa mère en résistante.

— En résistante !

Ma mère s'était levée pour préparer le café (ça et ouvrir les bouteilles de vin, elle aimait bien faire), le dos tourné. Pendant une seconde j'ai cru que c'était l'évier qui avait émis ce rire moqueur venu de très profond.

— Elle n'a pas chassé les nazis non plus, il faut arrêter de voir des héros partout.

Ma mère, la sœur cadette de Maria, refusait de croire à ce qui pour elle relevait de la fable, comme elle avait eu tant de mal à croire à tout le reste — Dieu, l'amour. Pour croire, il fallait se jeter dans l'eau froide et ma mère était du genre à nager sans jamais se mouiller les cheveux. Même aujourd'hui, alors qu'elle est devenue nonagénaire, hissée par la force de sa volonté jusqu'aux plus hautes sphères de l'espérance de vie humaine, que les négatifs sont devenus publics et le lien avec notre famille avéré, ma mère s'y refuse encore, sa fierté pour toujours giflée par l'omission dont sa sœur s'est rendue coupable. « Pour vivre heureux, vivons cachés », disait souvent ma tante. C'est beaucoup plus tard que j'ai compris à quel point, dans sa bouche, cette phrase était plus qu'un bête proverbe.

DEUXIÈME PARTIE

Maria Ortega

1

De la valise mexicaine il a souvent été dit, depuis qu'elle est revenue par mon intermédiaire à la surface du monde connu, que c'était ce général mexicain à Vichy qui l'avait rapportée en bateau puis dissimulée jusqu'à sa mort. Cette version-là avait, comme disait Greta, « des jambes » et, pour tous ceux qui avaient connu, vu ou simplement entendu parler de mon oncle et de ma tante, le mérite de la crédibilité. Le roublard éloquent, rompu à la navigation sur les eaux troubles de la politique, et la femme au foyer, pieuse, on l'a dit, à la santé fragile, formaient un fier tableau. Partant de cette image, il est facile de penser, comme cadre de la passation de la valise, à une partie de cartes à Vichy pendant laquelle aurait surgi dans la conversation l'histoire d'un photographe juif, ou de l'ami juif d'un photographe juif, arrêté à Bordeaux sur le point de fuir la France avec plusieurs milliers de clichés de ces salauds de républicains espagnols, du temps où ils croyaient encore qu'ils ne mangeraient pas la poussière. Les vapeurs de l'ivresse aidant, il aurait été décidé par la tripotée de moustachus pétainistes que le vainqueur de la partie gagnerait le lot. Le général, excité par l'enjeu, l'aurait raflé avec l'un de ses flushes spectaculaires qui avaient fait sa réputation.

L'enchaînement causal qui a fait glisser la valise jusqu'au rivage familial ne pouvait pas être plus éloigné de cette version. Mon oncle n'a jamais su que les clichés se trouvaient dans sa maison. Il ne connaissait tout simplement pas l'existence des photos disparues. Si par hasard la guerre d'Espagne était mentionnée dans la conversation, comme il arrivait souvent qu'elle le soit dans le Mexique de ces années-là, Maria y participait avec le talent discret d'une femme du monde, assurant à son interlocuteur qu'il en savait plus qu'elle sur le sujet par un jeu sophistiqué de sourcils (ma mère et elle avaient ça en commun). A priori, aucun élément ne permettait de rattacher ma tante à la guerre d'Espagne, ni même, d'ailleurs, à l'Espagne. Il existait bien un hiatus dans le parcours de ma tante puisqu'elle s'était rendue au Portugal en 1940, pour raisons de santé, rejoindre son amie d'enfance Olivia qui s'y était installée deux années plus tôt, mais le lien invisible n'apparaissait, comme pour ces tee-shirts magiques qui gonflent au contact de l'eau, que si l'on connaissait le parcours d'Olivia. Or, les proches de ma tante n'avaient jamais entendu parler d'Olivia autrement que sous la fonction qui était devenue la sienne alors (« mon amie peintre ») et, de la bouche de Maria, il est certain qu'ils n'avaient rien appris de plus compromettant. Dans l'entourage des Ortega, il était clair pour tout le monde que les allusions à Lisbonne risquaient de faire bouillir le sang du général qui, s'il se calmait aussi prestement qu'il s'énervait, pouvait dans l'intervalle avoir tiré jusqu'au sol la nappe d'une table où quinze personnes soupaient ou encore visé le lustre avec le pistolet au manche en ivoire qu'il gardait de tout temps sur sa poitrine. J'ai personnellement le souvenir de la deuxième scène. La cause du tumulte m'échappe aujourd'hui, mais je revois ma mère me faisant sortir de la pièce en trottant, les mains collées à mes oreilles pour m'empêcher d'entendre les injures qui accompagnaient la colère du général, comme si c'était la grossièreté des mots flottant dans la pièce qui risquait de m'abîmer, pas la balle qui avait fait éclater le cristal en forme de gouttes d'eau. Peu, donc, auraient osé aborder Lisbonne en la présence de mon oncle. L'omission de la relation particulière entre ma tante et la guerre d'Espagne a été d'autant plus facile qu'Olivia, la clé de voûte, le joint, le ligament de cette relation particulière, n'est jamais revenue vivre au Mexique. Ainsi, ceux qui affirmaient que de la vie de gangster de son mari Maria n'avait rien su, rien vu sont passés à côté du potin du siècle.

Pour ma part, je n'ai rencontré Olivia qu'une seule fois, alors que j'étais enfant, et si je ne soupçonnais rien de la trame romanesque qui la liait à ma tante, je garde de cette rencontre un souvenir précis. À ma connaissance, il s'agit également de la seule fois où Greta et elle se sont vues. J'allais avoir sept ans et ma mère, qui jusqu'ici m'avait assuré de la chance que j'avais de ne pas connaître mon père, souffrait de remords tardifs. Elle avait décidé de nous emmener, ma cousine et moi, à New York, où mon père vivait alors, et d'organiser un déjeuner avec lui sans nous prévenir, ni moi ni ma cousine, du réel objet de nos vacances. L'idée était d'autant plus mauvaise que ma mère avait omis de prévenir l'intéressé qui voyageait souvent. Mais Greta venait de perdre son père et Maria étant déjà malade, elle avait envoyé sa fille voir New York avec soulagement. Dans l'hôtel tenu par une famille chinoise où ma mère nous avait réservé une chambre pour trois, je me souviens que ma mère et Greta dormaient chacune dans un lit double, tandis qu'on m'avait installé sur le sol un matelas en mousse qui sentait le poulpe. Je me souviens de ma mère nous laissant, Greta et moi, devant des coupes de glace géantes pour appeler mon père, et l'appeler encore, depuis le téléphone laissé sur le bar.

Désemparée, ma mère a dû appeler sa sœur et, sur la suggestion de Maria, nous sommes allés voir son amie Olivia qui exposait à New York. La galerie se trouvait dans cette partie du bas de Manhattan où les rues cessent d'être parallèles. Olivia était alors au firmament de sa période dite « tapisserie ». C'est ainsi en tout cas qu'elle appelait ses tableaux réalisés avec des fils de laine qu'elle collait à même la toile, à la façon de certaines traditions picturales méso-américaines. Je me souviens, avec la précision à la fois tranchée et cotonneuse de l'enfance, de ces toiles mettant en scène des champs de bataille dans des jungles fleuries. Dans chacune d'elles, il ressortait que l'affrontement était terminé, comme si on pouvait toucher le silence. Dans les arbres brillaient des reflets comme des cotillons et des singes au ventre doré. Au sol gisaient des guerriers aux corps humains mais à la peau verte comme la canopée, dans des lits de pensées noires et de colchiques. Leurs armures, raides dans l'air bleuté, apparaissaient éclairées par une lune qui, seule, aurait survécu aux combats. Les critiques d'art se disputaient l'interprétation des têtes de guerriers : les uns voyaient un amas de serpents symbolisant le dieu Tláloc, les autres, une colonie de vers, attirés par la putréfaction avancée des têtes. Dans cette même série, on trouvait parfois des chevaux ailés comme le Bouraq qui emmena le Prophète jusqu'au paradis, à la différence qu'ils reposaient dans les herbes hautes, aussi gracieux que les soldats d'Olivia semblaient monstrueux. Une critique particulièrement acide fit référence à des « chinoiseries délirantes » bien que, de quelque façon qu'on regarde cette série, la Chine, pour une fois, n'était nulle part. J'étais fasciné.

Était-ce le vernissage ou simplement un jour de chance, où Olivia était passée à la galerie ? Avions-nous rendez-vous avec elle ? Je ne m'en souviens plus, seulement qu'il y avait du monde. J'avais imaginé Olivia portant, comme ma mère, des vêtements sans ourlet, qui traînaient par terre, et des cheveux très longs, qui se balançaient au-dessus des fesses. Mais Olivia ne ressemblait pas à cela du tout. Ma mère vint me tirer par la manche pour me présenter à cette femme aux cheveux gris, coupés net, au carré, cette femme à qui il manquait une main. Son pull noir à manches longues soulignait ce vide avec élégance. Par politesse, je la regardai dans les yeux. Son énergie irradiait calmement ; elle donnait envie de sortir en courant de la pièce et de faire quelque chose d'utile pour le monde. Quand ma mère nous laissa pour aller chercher Greta, il y eut un long silence. Olivia finit par dire :

— Tu aimes New York ?

— Oui, sauf que tout est en plastique.

Elle rit.

— Tu trouves ?

Encouragé, j'ai fait l'intéressant.

— Oui. Et je trouve aussi que les gens d'ici ne mangent pas assez de maïs.

Olivia rit à nouveau puis, tournant son visage vers le tableau devant lequel nous nous trouvions, me demanda ce que j'en pensais. Du haut de mes sept ans, j'étais flatté. C'était la première fois qu'on prenait au sérieux mes opinions artistiques.

— C'est beau comme un cauchemar, dis-je, espérant déclencher un autre rire de cette impressionnante dame à la main coupée.

Olivia ne rit pas. Elle posa sur ma tête sa main existante et la serra fort. J'avais mal et un peu peur aussi, mais je n'osai pas bouger. J'aime croire que si ma mère ne nous avait pas interrompus à ce moment-là, Olivia m'aurait tout raconté, pour la valise. Ma mère arriva pourtant, tenant par le bras une Greta fulminant d'avoir été forcée à reposer une coupe de champagne (ma cousine me l'a raconté plus tard). Olivia a loué, comme de juste, la beauté encore farouche de Greta, qui précisa vouloir devenir actrice. Alors que ma mère soupirait à cette idée avec l'emphase des élitistes qui désapprouvent les vocations non intellectuelles, Olivia lui dit : « Alors je te souhaite de devenir une grande actrice », ce qui aurait pu résonner d'une façon ridicule si la phrase n'avait pas été prononcée avec assurance, comme si Olivia avait les moyens matériels et cosmiques de faire en sorte que ce vœu se réalise, ou ne se réalise pas.

2

Quand ma tante convola en justes noces avec Ortega, il n'était encore ni ambassadeur ni général, mais plume de ministre et lieutenant, ce qui, à l'âge de trente-huit ans, reflétait autant un appétit pour les hautes fonctions qu'une carrière sans fulgurance. Ils se croisèrent, une fois, à un bal où, comme dans beaucoup d'autres bals, on se courtisait sans dépasser les limites floues de ce que l'on appelle « la bienséance ». Coiffées et toilettées comme les génisses d'un concours agricole, les jeunes filles arrivaient au bras de leur chaperon, déterminées à réussir le grand chelem. Les hommes pouffaient et tremblaient sensiblement moins qu'elles, ayant eu l'occasion d'explorer leurs désirs en des lieux qu'on évoquait depuis les cafés et les fumoirs. Pour autant, eux aussi étaient nerveux. Dans la famille de Maria, on n'avait jamais pensé à souligner l'élégance de ses épaules ou la qualité soyeuse de ses cheveux, aussi Maria ne voyait-elle que les défauts terribles de son corps de vierge de vingt et un ans quand elle entra dans cette salle où, comme chez les Romanov, tout n'était qu'échos et miroirs. En allant à ce bal, Maria n'avait pas anticipé de piquer l'intérêt de ce grand homme qu'on disait pressé de trouver une épouse dans le vivier des très respectables *socialites* du DF*. Pourtant, elle s'était décidée, puis entêtée, à apparaître dans le champ de cet homme qui, avec ses mâchoires et son dos musclés, avait l'air de posséder la pièce entière, et beaucoup d'autres pièces encore ; le monde, en somme. Ensuite, Ortega l'avait vue. Dans le champ. L'excitation de celle qui avait réussi à séduire un homme plus beau et plus vieux qu'elle perçait encore dans le récit que ma tante m'avait fait de ce bal. Ce n'était pas un petit exploit qu'elle avait accompli là, et ce même à l'aune de son exploit suivant — l'exploit, pourrait-on dire, suprême, dont j'ignorais encore tout le jour où, dans la cuisine, il a été question de ce bal. « Quand il s'est approché de moi, je me suis dit "Voilà un homme aux yeux de pourpre" », m'a raconté ma tante, debout devant la fenêtre, ses longues mains de pianiste posées sur les mosaïques bleues du plan de travail. « Dans le noir brillant de ses iris, il y avait des traces violettes que je n'avais jamais vues ailleurs. Je ne me souviens de rien d'autre que de cette couleur veloutée qui m'attirait comme la lune, le ressac. J'étais perdue », avait-elle conclu dans un sourire — ou dans un soupir, j'ai oublié —, le regard dans les fleurs du jacaranda qui se balançaient de l'autre côté de la vitre. C'étaient donc les yeux d'Ortega

* Distrito Federal, surnom de Mexico.

qui l'avaient séduite. Les ombres dansantes au fond des yeux d'Ortega, de l'argent perdu tard dans la nuit, des femmes indicibles, des amis morts et des choix irréversibles, qui avaient convaincu ma tante qu'avec lui, si elle sautait dans le vide, il y aurait toujours une main pour la secourir avant qu'elle ne touche le sol. Ortega avait vu, lui aussi, quelque chose. Sa réputation rendait déjà hommage à sa psychologie des êtres, celle qui faisait de lui un amateur de poker respecté, celle qui ferait de lui un ambassadeur habile. Il n'y a pas de raison que, derrière le chignon bas sur la nuque de Maria et ses mains sagement croisées sur le ventre, il n'ait pas perçu le vertige de celle qui le pousserait, le dépasserait et le garderait de lui-même tout à la fois.

L'union de mon oncle et de ma tante, comme celles qui durent une vie, était profonde et fragile, grandiose et impure, mystérieuse et évidente. Elle avait pris forme sans précipitation, selon les codes de leur temps. Après le bal, Ortega avait manifesté par courrier son intérêt pour leur fille aux parents de Maria, et mes grands-parents, s'ils avaient été surpris que leur aînée au charme tranquille comme l'eau qui dort ait attiré un gibier de la trempe d'Ortega, n'ont rien laissé paraître et ont même encouragé les rencontres entre ceux que l'on avait du mal à appeler des « tourtereaux ». Ortega arrivant presque à la fin de sa trentaine, il ne faisait mystère pour personne que son cœur n'était pas grand débutant. Pour Maria, c'était différent ; elle avait l'âge des passions qui laissent derrière elles un vaste champ de terre brûlée, et pourtant elle agissait comme une dame, parlait comme une dame et inspirait à ses interlocuteurs un respect qui vient d'habitude, pour les femmes, avec le mariage et la maternité. Plus tard, mais pas tellement, ils s'étaient unis à l'église, selon le rituel qui consiste à prendre Dieu pour témoin de son amour, car il s'agissait bien d'amour, entre ma tante et le général, quoi qu'en ait pensé ma mère. La cérémonie avait eu lieu dans une des fières églises de la ville de Puebla, un jour où le ciel dégagé révélait, au fond de la vallée, la silhouette des volcans endormis qui faisaient l'attraction de la région. Si brillantes m'a-t-on dit étaient les mosaïques qui recouvraient les dômes, pour la couleur desquels des Espagnols ambitieux avaient écrasé des milliers et des milliers d'ailes de papillons, que la foule des invités pleurait à grosses larmes. Elles écrasaient le maquillage, dégoulinaient sous les voilettes, humidifiaient les moustaches, gênant ces gens distingués qui n'avaient jamais de leur vie coupé un oignon, tant et si bien qu'un esprit un peu mystique y aurait vu la revanche des papillons. Tout le monde pleurait sauf Maria. Maria ne voyait pas de signe à lire, comme une piste pour le futur, dans la forme des nuages ou dans la couleur du vin de messe, non, elle avait assez peu choisi dans sa vie pour savoir quand une décision avait le goût de la victoire, et c'était bien la victoire que le grand homme au bout de l'allée, qui aurait été effrayant s'il n'avait été si beau, incarnait sans avoir à faire le signe V. Et c'était bien la victoire que célébrait à sa façon la tourterelle solitaire qui accompagnait le prêtre dans son sermon. Ortega lui avait demandé de faire court et le prêtre s'était exécuté, glissant simplement une bénédiction finale — *Todo pasa y todo queda, pero lo nuestro es pasar, pasar haciendo caminos, caminos sobre la mar* — que certains trouvèrent sinistre comme de la philosophie allemande, et que d'autres, une majorité, n'entendirent pas, car déjà, poussés au-dehors par la faim, et surtout la soif, leurs souliers résonnaient sur les pavés de la nef, il fallait sortir, *Caminante, no hay camino, se hace camino al andar.*

Le couple emménagea dans la maison de famille d'Ortega à Mexico, rue de l'Hippodrome, dont l'usufruit revenait à Ortega puisque, de famille, il n'avait plus. Cela ne s'était pas fait d'un coup, bien sûr. D'abord, son grand frère marin avait disparu, jeune, sur les mers du Sud. Il n'était pas du tout certain qu'il soit mort et pour tout ce qu'Ortega en savait, il pouvait être baleinier au Japon ou herboriste à Vladivostok, mais comme il n'était jamais revenu se manifester, les paris restaient ouverts. Puis son autre frère, moins grand, suivant le parcours chaotique de l'enfant du milieu dans une fratrie de trois, était parti s'installer dans une forêt du Chiapas où il officiait en tant que prêtre. Là, il baptisait, mariait et enterrait des Indiens qui n'en demandaient pas tant (qui n'avaient jamais rien demandé, en fait). À la suite de ces deux départs, la mère d'Ortega s'était laissée mourir de chagrin, comme une perruche à qui on enlève son binôme perruche, indifférente à la présence maladroite d'Ortega, à sa bienveillance agressive, ainsi qu'au père d'Ortega, un horloger-bijoutier taciturne, dont l'élégante boutique rue Santa Isabel avait depuis été remplacée par une boulangerie, aussi réputée dans le quartier qu'en son temps l'avait été le commerce de Porfirio Ortega. Porfirio était mort d'une crise cardiaque à l'âge de cinquante-deux ans, comme trois générations d'Ortega avant lui. À l'intention de celui qui osait prononcer le mot « malédiction » devant mon oncle, Ortega balayait le ciel de la main d'un geste de puissante impuissance. Il mourut à soixante-six ans bien tassés, explosant ainsi les statistiques familiales.

Maria quitta avec la tristesse et l'excitation de circonstance la jolie maison rose de Puebla où elle avait grandi pour intégrer la maison des Ortega, rue de l'Hippodrome, à Mexico. À une âme plus farouche les lieux auraient fait franchement peur, pas à Maria. Comme tout le monde, ma tante était superstitieuse. Simplement, les fantômes auxquels elle croyait ne l'empêchaient pas de dormir. Elle comprenait qu'il s'agissait, pour eux aussi, de leur maison et leur laissait même des bols de lait, la nuit, sur la table de la cuisine, qu'elle prétendait au matin avoir oublié si son mari faisait une remarque. Ortega, qui n'était pas du genre mystique, fut quand même soulagé que Maria débarrasse la demeure de son obscurité poussiéreuse. Elle fit faire des chaises longues en osier par l'artisan de la rue d'à côté, et des tables, et des fauteuils, qu'elle installa dans le jardin. Elle recouvrit les sols et les murs de carrelages peints à la main aux couleurs de Puebla, décora les vestibules avec de grands vases, enroba les tables de nappes fraîches tissées par des femmes de Puebla, sertit de cadres les tableaux muralistes retrouvés dans le grenier, et donna le nom de Visitación à la chèvre qui avait élu domicile sous le manguier tandis que la maison était en jachère. Les seules frayeurs nocturnes que connut Maria furent celles des jeunes mariées. Aucun récit, si précis fût-il, des amies et des cousines plus aguerries qu'elle ne pouvait préparer ma tante à ses premiers tête-à-tête avec l'intimité masculine qu'elle s'était jusqu'ici contentée de contempler, en marbre, dans les musées.

Peu de temps après l'installation de Maria à Mexico, un ami de mon oncle, un certain Lujòn, arrivé à un poste important au ministère des Affaires étrangères, mit Ortega en piste pour qu'il devienne diplomate. La carrière à l'étranger de mon oncle devait durer plus d'une dizaine d'années. Quitter ses mosaïques, son jacaranda et sa chèvre a dû plonger celle qui n'avait pas prévu de devenir globe-trotteuse dans un sentiment proche du déchirement. Pour autant, ma tante était prête. En disant oui à ce mariage, elle avait dit oui aux tiroirs à double fond, et elle ne détestait pas les surprises. Dans la gamme, certaines s'étaient révélées plus plaisantes que d'autres. Le Danemark, c'est simple, ma tante n'en parlait jamais, sinon pour secouer les épaules dans un grand frisson mémoriel. À Alexandrie, en revanche, elle s'était plu, dans la villa avec vue sur le quartier cosmopolite où Britanniques, Italiens, Grecs et juifs vivaient les uns sur les autres. L'histoire tumultueuse de la ville seyait au caractère rêveur de Maria que j'imagine contemplant la baie, émue par le phare détruit et par le temple de Cléopâtre englouti par les eaux.

Puis Ortega avait été appelé en France.

3

Comme tous les gens qui n'ont pas connu les années 40 en Europe, j'ai du mal à me représenter Maria et le général à Paris, puis à Vichy, pendant la décennie noire. Je vois une radio sur la table de la cuisine, à la campagne, qu'on remet sur la station officielle au moindre bruit de moteur. C'est tout. Les seules images auxquelles je parviens à me raccrocher sont celles des films. De beaux films qui ont le défaut de donner des explications comme s'il suffisait de se baisser pour en cueillir. N'ayant pas connu cette guerre, ni d'ailleurs aucune autre, j'ai du mal à penser le décor où le ciel, où les routes, où tout est pris d'assaut par la fantaisie militaire. Ce que je devine, en revanche, c'est le malaise de ma tante dans la France fasciste.

Début 1938, Ortega fut nommé ambassadeur du Mexique en France. Il n'était pas plus que ça effrayé par l'arrivée imminente de la guerre, parce qu'il ne se sentait pas personnellement concerné. « Ils osent appeler ça une guerre mondiale ! » l'entendrais-je dire plus tard. Dans ce pays devenu occupé, que dans ses courriers classés secret-défense il qualifiait de collaborationniste, le général fut bien obligé, pour faire son travail correctement à partir de 1939, de dîner avec des gradés allemands, ainsi que de hauts fonctionnaires pétainistes, ce qui, à l'époque, n'était pas un gros mot en France. Mon oncle s'en accommodait dans la mesure où il était un homme de circonstances, pas de convictions. Ortega savait profiter de ce que cet environnement avait à offrir. Quand on lui proposait du champagne de marque, il le buvait sans se demander le prix de la bouteille au marché noir. Au fond, et ça il ne pouvait le dire à personne, sauf à Maria, Ortega trouvait de la satisfaction dans le spectacle de ces Européens se mettant sur la gueule. Après des siècles de pillage organisé, d'esclavagisme, de frontières toutes neuves tracées sans trop réfléchir sur de belles cartes du monde, l'Europe se livrait à la lutte anthropophage dont elle aimait accuser tous les autres. Maria haussait les épaules : elle descendait trop directement des Espagnols pour se réjouir de ce qui arrivait aux Européens. Dans les dîners, ma tante entendait des choses pénibles se dire mais restait, par l'étiquette, tenue de sourire aux blagues inconvenantes. Elle redoutait qu'un voisin ne les dénonce à cause de leur peau cuivrée et de leurs cheveux noirs et s'en plaignait à Ortega, quand il leur arrivait de se coucher à la même heure. Dans l'œil-de-bœuf d'un Moreau ou d'un Fontaine, ces attributs pouvaient passer pour de la judéité, affirmait ma tante. Du coup de fil de dénonciation à un silo de la Ruhr, la frontière était ténue, répétait ma tante. Ortega lui assurait qu'il n'existait pas de meilleure preuve de foi catholique qu'un passeport mexicain, mais le flegme du diplomate excita, plus qu'il ne calma, l'imagination de son épouse. Sans doute aussi leur couple, qui reposait sur des intérêts bien compris et une connaissance profonde de la nature de l'autre, trouva-t-il ses limites dans le cadre de la Seconde Guerre mondiale. Les arrangements d'Ortega à Mexico, que ma tante se gardait d'aller examiner, pour les mêmes raisons qu'elle n'ouvrait pas sa boîte à gants et ne lisait pas son courrier, n'avaient pas d'équivalent avec cette danse funambule que Maria le voyait exécuter chaque jour depuis leur arrivée en France. À l'inverse, puisque ses combines n'avaient jamais fait se lever bien haut les sourcils délicatement arqués de Maria, il n'est pas invraisemblable qu'Ortega ait sous-estimé la rigueur morale de sa femme. Le général n'ayant aucun lien affectif ou personnel avec des juifs, la question de leur émigration en masse lui était relativement indifférente, tant que les Allemands se décidaient à les envoyer à Madagascar et non au Mexique. De son côté, je soupçonne ma tante d'avoir été influencée par sa correspondance avec Olivia, dans laquelle son amie d'enfance, qui s'était engagée sur le Front républicain espagnol en qualité de médecin soignante et devrait plus tard basculer dans la clandestinité, lui détaillait les raids des avions italiens et allemands au-dessus de Madrid. Je ne doute pas que c'est imprégnée du parfum romantique de ces lettres, envoyées d'Espagne entre 1936 et 1938, que Maria est arrivée à Paris, remontée contre les nazillons du continent. Et cela aussi, mon oncle l'ignorait.

4

Ma tante avait pris l'habitude de vivre loin du Mexique et de sa famille à une époque où, est-il besoin de le préciser, il n'existait pas de sauf-conduits technologiques pour communiquer par-delà les océans. À Alexandrie, Copenhague et Paris, Maria s'était accommodée comme elle avait pu aux débordements des uns et à la retenue des autres. À l'arrogance des Parisiens, toutefois, elle n'avait pas su faire front. En elle tremblait la jeune femme timide de Puebla, devant les regards noircis de ces dames qui partaient de la boucle de vos chaussures pour remonter jusqu'à la racine de vos cheveux sans avoir raté ni vos ongles, ni votre ventre, ni vos seins. Ortega était prêt à se montrer large quand il s'agissait des Égyptiens et des Danois, qui ne constituaient certes pas des peuples faciles, mais quand Maria se plaignait de Paris, il manquait de patience. Merde, alors, Paris, c'était une claque, une fête, que fallait-il à Maria pour qu'elle apprenne à se détendre ? Bref, en France, ça n'allait pas fort entre Maria et le général, et quand il avait fallu déménager à Vichy, Maria s'était attendue au pire. Mais elle avait aimé Vichy, la vie étant ainsi faite que l'on trouve parfois du répit dans les endroits les moins favorables au répit. Contre toute attente, Vichy était une ville douce. Avec ses longues pelouses et ses thermes roboratifs, ses chalets Napoléon III aux façades de contes de fées et ses champions d'aviron qui s'ébrouaient tôt le matin sur les eaux claires de l'Allier, Maria avait l'impression de marcher dans un poème expressionniste allemand (une image que ma tante s'était abstenue de partager avec quiconque, étant donné tout le bien que les nazis pensaient de cet « art dégénéré »). De plus, Ortega s'était débrouillé pour leur trouver un manoir, étroit et sombre, mais pourvu d'une tourelle que Maria affectionnait, et d'une vue partielle sur le parc des Sources. Dans les allées, des écureuils ventrus couraient le long des châtaigniers, et des kiosques à musique, aux arches ciselées comme de la dentelle d'Oaxaca, attendaient là que le jour décline. Le dimanche, on y jouait une sonate de Schubert, un concerto de Brahms. Ils rappelaient à ma tante le kiosque du Zócalo de Puebla, sous lequel jouaient des mariachis de tous âges, les cheveux peignés vers l'arrière, les boutons de manchette assortis à la ceinture, les souliers brillant comme une rivière sous un soleil d'été. Si elle se laissait aller à la rêverie, elle entendait les trompettes traverser l'Atlantique jusqu'à elle, puis elle souriait au fleuve. « La reine des eaux » était une ville douce mais elle incarnait alors, et, à bien des égards, elle incarne encore, la tragédie politique française, le renoncement, le laisser-faire, l'acte III shakespearien, l'indice qui permet de faire le lien entre le fascisme et la France, la France et le fascisme, malgré les couches de germanophobie déposées à la truelle sur le visage de la nation et les doigts tendus vers l'ennemi quand il était déjà perdant. En attendant, Maria se contentait de jeter des noix aux rongeurs du parc.

5

Maria serait restée aussi longtemps qu'Ortega en zone « nono », comme disaient les Français, si sa santé ne s'était pas dégradée. Au début, mon oncle trouvait ça confortable qu'elle soit malade dans une ville pensée pour les malades. Maria, afin de le satisfaire, accumula les cures sophistiquées et ingurgita des quintaux d'eau de source, avec pour seul résultat le détraquement de son système intestinal. Après plusieurs mois de la sorte, son médecin traitant, le docteur Janvier, un Berrichon jovial qui lorgnait ses chemisiers (Ortega en avait fait une blague familiale), lui avait assuré que l'air de l'Atlantique ferait s'évanouir ses quintes et donnerait à ses poumons le souffle manquant. Justement, Olivia occupait à Lisbonne une chambre dans le Bairro Alto, au-dessus de chez une repasseuse, depuis la fenêtre de laquelle, en se penchant jusqu'à la taille, on pouvait apercevoir l'Atlantique (l'argument ne fut pas décisif pour ma tante, qui avait horreur du vide). Voudrait-elle la rejoindre pour essayer une cure portugaise, lui demanda son amie par courrier. Il n'en fallut pas plus à Maria pour se décider, et puisqu'il s'agissait de la guérir, le général n'eut pas d'autre choix que d'acquiescer.

Ainsi, entre 1940 et 1942, Maria vécut seule au Portugal, c'est-à-dire en l'absence de son mari. Ortega la laissa partir sans trop s'émouvoir au début, gageant qu'une vie de célibataire à la française lui tendait les bras, ce qui était à la fois exact et pas tout à fait aussi réjouissant que ce que mon oncle escomptait. C'est plus tard qu'il est devenu rancunier, quand il est allé voir Maria à Lisbonne, parce que même dans ses lettres où elle aplatissait avec talent la réalité, Ortega trouvait qu'elle avait l'air franchement guérie. Avant de guérir, toutefois, il avait fallu s'installer. Maria avait pris ses quartiers au-dessus de la chambre d'Olivia, dans une pièce plus exiguë que celle louée par son amie, ce qui ne la dérangeait pas. Dans cette ville qu'on surnommait la ville blanche, comme d'autres villes célèbres, ma tante se sentit à l'aise car elle y retrouvait une proximité rassurante avec l'océan. En le regardant, elle se sentait « juste en face » de chez elle, bien que ni à Puebla, ni à Mexico l'océan n'ait fait partie de son paysage quotidien. Sa santé s'est effectivement améliorée et dans la douce mélancolie de Lisbonne, Maria s'est épanouie. Terrassée à plusieurs reprises par les séismes, la ville avait appris à perdre, et perdre encore. Restaient le ciel bleu vif, les tramways et le quai réservé aux vapeurs, l'ombre du marché central, les robes de dentelle noire et les chapeaux de paille ; la rondeur de la langue portugaise, enfin, qui, chantée, éclate de toute la tristesse accumulée sous la lune. À trois ans près, Maria aurait pu croiser dans les rues en pente le poète qui a le mieux chanté sa ville, beurré rue de Bela Vista, beurré rue Almirante Barroso et beurré quai des Colonnes (« Je te revois encore une fois, Lisbonne et le Tage et tout le reste, Moi le passant inutile, moi ? Mais je suis le même, qui a vécu ici, et qui est revenu ici, et qui est revenu, encore et encore »), puisque Pessoa est mort en 1935. L'a-t-elle seulement lu quand enfin son œuvre a été publiée dans les années 60 ?

À Lisbonne, il était fréquent que « ceux d'Espagne » se croisent. Il n'y avait pas de milice à Lisbonne, ni franquistes, ni NKVD, ni POUM. De ce point de vue, la ville constituait un refuge correct, mais aussi un point de départ populaire pour Londres ou l'Amérique du Nord. À son tour, Maria a connu « ceux d'Espagne ». Il ne devait pas être facile d'être entourée de ces gens qui avaient traversé ensemble des nuits et des jours d'une densité inconnue aux autres. Ils ne se lassaient pas de raconter leur chanson de geste commune, et vivaient le présent comme une chose sans saveur qui ne leur ramènerait pas la gloire et les frayeurs du passé. Maria aurait pu s'attirer leur attention en leur racontant les dernières nouvelles de Vichy, au sujet desquelles Ortega lui écrivait des lettres longues comme ses infidélités, mais ce n'était pas le genre de ma tante : elle était la femme de qui elle était, elle n'avait pas à l'utiliser pour se rendre intéressante, ni à s'en expliquer. À Lisbonne, ma tante avait la chance de ne pas avoir à gagner d'argent. Ortega lui dépêchait tous les mois des mandats, ce qui impressionnait et sans doute déplaisait à Olivia, puisque, depuis longtemps déjà, la jeune femme avait érigé l'autonomie en totem. Mais comment en vouloir à Maria ? Sur cette question comme sur toutes les autres, il n'était pas dans la nature de son amie de se mettre en avant ou de se justifier. Sans le soutien de Maria, le général serait probablement resté à Mexico à écrire les discours des autres. C'est donc sans culpabilité que ma tante dépensait cet argent pour payer la chambre claire au-dessus de chez Olivia, les courses, naturellement, et à l'occasion les verres de porto au citron que Maria avait pris l'habitude de boire seule en terrasse, comme une Française.

Maria et Olivia caressaient, sans l'aimer, l'idée de quitter l'Europe prise d'assaut par les scorpions. Ces jours-là, toute l'eau de l'Atlantique qu'en balade elles apercevaient partout, tel le point de fuite inévitable de chaque rue, leur paraissait lourde comme si elle charriait, dans ses profondeurs, les cadavres de ceux qu'Olivia avait un jour recousus sur le sol carrelé du monastère d'Elgeta. Les deux Mexicaines blâmaient alors *el dios de las Tormentas,* car qui d'autre apportait les tempêtes par cortèges, sinon le féroce Tláloc et sa langue fourchue ? Maria aimait entendre Olivia lui faire le récit de ses mois de guerre, qu'une poignée d'étés avait réussi à repousser derrière elles. Olivia se soumettait de bonne grâce, mais il y avait toujours un moment où son excitation refluait pour laisser place aux ombres. Maria s'arrangeait alors pour la faire parler d'autre chose. « Penses-tu que, dans notre douce Puebla, les toits des coupoles brillent toujours ? lui demandait-elle. Crois-tu que les mangues des vieilles Indiennes sont toujours aussi sucrées ? » Et Olivia répondait « Bien sûr, elles sont sucrées comme des flans, et elles n'ont jamais été aussi grosses », « Bien sûr, les coupoles brillent tellement que les volcans ruminent, jaloux des Espagnols et de leur Dieu qui seul fait le temps et la terre ». Et elles pouffaient de ce blasphème, comme avant, au lycée, dans la cour aux colonnes jaunes, quand elles riaient dans leurs blouses, trouvant à la Vierge qui les dominait en peinture des airs lascifs qui n'étaient pas qu'une projection d'adolescentes. Si les deux amies étaient devenues si amies, c'est que tout ce qu'elles avaient partagé dans l'enfance, et qu'on emportait d'habitude loin de son foyer, seul, elles le partageaient dans ce pays lointain qu'était Lisbonne. La fermeture du glacier, l'incendie de l'Opéra, la projection du premier film parlant au cinéma Miami, les nids-de-poule, la couleur des ânes, les noms de rues actuels et les anciens, qu'utilisaient encore leurs parents, l'heure à laquelle commençaient à chanter les coqs, les paroles des comptines pour enfants, le piment qui fait gonfler les lèvres et les reflets polis des dalles de la vieille ville, tout ce savoir qu'il fallait expliquer aux autres si l'on espérait devenir intimes était une étape superflue entre elles. Ceux qui les entouraient le voyaient bien et c'est pourquoi on les surnommait, avec une affection parfois ambiguë, « les Mexicaines ».

À Lisbonne, dans la confidentialité des ateliers qu'elle fréquentait grâce à Olivia, Maria pouvait exprimer son dégoût devant la tournure que prenait la grande marmite européenne. Et puis elle s'instruisait, par elle-même, pour elle-même, lisait le Talmud, pour comprendre, relisait Dante, pour retrouver en elle un peu de cet amour pour Ortega qu'elle avait cru inextinguible comme celui d'Alighieri pour sa Beatrice. Elle griffonnait même des vers en prose dans de petits carnets, composés d'observations simples, sans être banales, que ma tante se faisait pendant ses balades. En effet, elle a découvert à Lisbonne qu'elle aimait marcher. C'était une découverte modeste mais décisive. Elle partait généralement le matin et revenait après le déjeuner, à l'heure de la sieste. Elle ne pensait pas à après. Elle pensait très peu, en fait. Cette vie-là lui suffisait : une vie de contemplation, pas très éloignée de la vocation de bonne sœur que, d'après mon oncle, elle avait envisagée un temps, plus jeune. Deux années passèrent ainsi, sans que Maria ne devine qu'elles seraient les dernières de sa vie passées loin du Mexique, et les dernières aussi auprès d'Olivia.

6

Ortega, dans le rôle de l'époux, était chatouilleux. C'est pourquoi, de Maria à Lisbonne, je garde surtout le souvenir de la version qu'il avait pris le parti de raconter. « Toi et tes amis révolutionnaires », disait-il à Maria, vers la fin de ces longs repas que nous prenions le dimanche chez eux et auxquels ma mère se débrouillait toujours pour arriver une heure en retard, « toi et tes amis révolutionnaires », disait Ortega quand ma tante avait fait l'erreur d'évoquer Lisbonne, « ils pensent que c'est grâce à eux que le fascisme a été défait, avec leurs lettres pour Londres. Des lettres ! », il disait de sa voix grave et coupante, tandis que Maria demandait à la bonne d'apporter le café et les digestifs. La fille et la sœur de Maria écoutaient Ortega en haussant les épaules, persuadées de son innocence. Du séjour de sa mère à Lisbonne, ma cousine Greta se moquait ouvertement. « Qu'est-ce que tu crois qu'elle faisait, ma mère », disait-elle, à seize ans, quand on nous envoyait dans le jardin boire de la horchata glacée pour que les adultes parlent entre eux de choses importantes, « elle allait à l'église admirer les candélabres et les gisants, puis elle se couchait à vingt et une heures après avoir dit sa prière ». Je comprends que Greta n'ait pas eu beaucoup d'affection pour une autre version des faits, par exemple une version qui aurait mis en avant le caractère dissident de Maria. Ma cousine avait grandi à l'ombre d'une femme pieuse, souvent affectée par la maladie, et il aurait fallu qu'elle intègre au portrait austère de sa maman deux années de rébellion lisboète qui ressemblaient beaucoup à la propre jeunesse de Greta ? Qu'elle accepte de ne pas avoir attrapé le filon de l'aventure par magie, sur les routes sèches des alentours du DF, mais d'en avoir hérité d'une mère qui avait tout fait pour ne pas le lui transmettre ?

Comme ma cousine, ma mère ne donnait aucun crédit à Maria. Elle entretenait avec sa sœur une relation distante, quoique affectueuse, et disait de ma tante à qui voulait l'entendre qu'elle était une femme entretenue. Bien souvent, j'étais le seul public de ses diatribes matinales dans la cuisine. En comparaison avec Maria, ma mère apparaissait comme quelqu'un qui n'avait pas le sens des responsabilités et elle ne supportait pas qu'on puisse la réduire à ce qu'elle était pourtant : une mère célibataire, une hippie. Pour ma part, j'avais toujours nourri à l'égard de ma tante une affection que je ne me sentais pas autorisé à exprimer, effrayé à l'idée de blesser ma mère, qui envisageait l'amour sous la forme de vases communicants : ce qui était donné à une autre lui était nécessairement retiré, à elle. Je le regrette aujourd'hui car, enfant, il était confortable de se cacher dans les jupes de Maria, à l'abri du monde et des disparitions de ma mère qui, comme toutes les femmes libres, était une mère bancale.

Bien qu'il n'y ait jamais eu entre nous la complicité qui existe parfois entre un oncle et son neveu, Ortega me tolérait parce que j'incarnais la figure la plus proche du fils que Maria ne lui avait pas donné. N'étant pas le genre de petit garçon qui grimpe aux arbres, tourmente les filles et jette des pierres contre les carreaux de la voisine, j'aurais sans doute pâti de ses attaques si mon oncle avait été plus jeune. Mais à l'âge qu'il avait alors, le général était devenu plus souple — sauf avec sa femme. Il est heureux qu'Ortega n'ait jamais découvert les négatifs. Dans sa fureur d'homme dupé, il aurait été capable de beaucoup de choses. De les brûler, par exemple. Les assauts d'Ortega contre sa femme étaient d'autant plus pénibles qu'il décelait l'omission sans pour autant comprendre sa gigantesque, sa renversante nature. De Maria à Lisbonne, il n'imaginait pas autre chose qu'un flirt, son orgueil ne supportant même pas l'idée d'une liaison. Mais l'omission était là, entre eux, dans le creux formé par les souvenirs de Maria, invisible comme ces poches cousues en temps de guerre dans la doublure des jambes de pantalon. Je ne raconte pas cette histoire pour donner carte blanche à tous les maris suspicieux, impatients d'assaillir leur femme supposée fautive, mais parce que l'histoire de mon oncle et de ma tante illustre comment la folie coïncide parfois avec la réalité. Et s'il y a bien une leçon à tirer de leur mariage, c'est celle-là.

Après une histoire particulièrement éprouvante avec une comédienne originaire de Nantes qui l'avait traité comme un métèque, le général commença à s'intéresser à Lisbonne. Il y fit même un aller-retour, une fois, en avril, pour rendre visite à son épouse dont il s'inquiétait un peu qu'elle vive au-dessus de chez cette amie artiste. Ortega à Lisbonne, quel spectacle. J'aperçois la consternation de Maria à l'annonce de la visite, les consignes données à Olivia, la chambrette rehaussée de rideaux, de draps frais et de fleurs, les restaurants choisis, plus isolés et plus chers, plus du goût de l'ambassadeur que ceux que Maria avait l'habitude de fréquenter. J'entends d'ici Ortega pester dans la brume. « Elle est humide comme les caves d'une caravelle, ta ville de cœur, ça doit être infesté de rats. » « Ils jettent tout dans l'huile dans l'espoir de donner du goût et ils appellent ça de la gastronomie. À Vichy, au moins, ils savent faire cuire la viande. » « Alors comme ça, tu t'es acheté des pastels ? Qu'est-ce que tu dessines ? Des couchers de soleil ? Des enfants qui jouent à la balle dans la rue ? » Peu de temps après cette visite, Ortega annonça qu'ils rentraient au Mexique. Est-ce que le général avait fait appel à l'aide de Lujòn aux Affaires étrangères pour le sortir de ce pétrin vichyste, qui en

1942 n'avait pas la même odeur qu'en 1940 ? Avait-il été dégoûté de la France par sa petite comédienne ? Ou est-ce que, tout simplement, le Mexique, et la ville de Mexico, manquait au général parce qu'à Mexico tout le monde le traitait comme un prince ? Il n'y avait rien à expliquer : c'était la guerre, il fallait bien rentrer à un moment ou à un autre. Mais je connais suffisamment mon oncle pour penser que ce qu'il avait vu à Lisbonne ne lui avait pas plu, et qu'il avait trouvé un moyen de déraciner sa femme de son paradis atlantique.

7

J'en viens à l'épisode devenu pour moi le mythe fondateur de la passation de la valise, le basculement qui a fait que cette valise s'est retrouvée dans la maison de famille des Ortega à Mexico, et non à Nouakchott ou à Saint-Pétersbourg, aux prises avec d'autres arbres généalogiques que le mien. Lisbonne était à la veille de l'été, Maria de partir. Ortega avait arrangé le voyage de son épouse jusqu'à Bordeaux où ils devaient se retrouver pour prendre un bateau et traverser l'Atlantique. Il restait à Maria deux semaines pour profiter de Lisbonne. Naturellement, ma tante ignorait l'existence de cette valise jusqu'à ce qu'Olivia décide de lui en parler, après avoir fait le choix de se taire. Ma tante savait seulement que son amie avait une liaison avec un photographe réputé à Paris. Maria avait rencontré Chim quelques fois, à Lisbonne. Il n'est pas exagéré, je crois, de dire que

Chim et ma tante se ressemblaient beaucoup. Pour deux timides, ils s'étaient très cordialement entendus.

Comme tous les moments décisifs d'une vie, la scène arriva avec une fluidité brutale. Une après-midi, alors que Maria observait son amie au travail sur sa dernière création, réalisant, avec l'imminence du départ, ne pas l'avoir assez fait quand elle le pouvait, Olivia prit un air grave et se tourna vers ma tante avec un visage de gladiateur. « Aujourd'hui, je n'y arriverai pas, ce n'est pas la peine », dit-elle en laissant tomber au sol une pelote de fils qu'elle utilisait pour ses collages. Ce ton plaintif des artistes qui quémandent des encouragements, Maria le connaissait bien et ne l'appréciait pas beaucoup, même si, chez Olivia, la plainte prenait la couleur du velours. « J'ai quelque chose d'important à te montrer », dit Olivia avec brusquerie, une phrase que Maria ne s'attendait pas à entendre ce jour-là, un jour qui avait commencé tranquille comme l'eau des fleurs dans un vase. « Jure-moi que tu n'en parleras à personne, pas même à Ortega, surtout pas à Ortega. » Ma tante jura, alors que dans sa tête imaginative défilaient des images amusantes. Qu'avait donc fait Olivia, se demandait ma tante, visualisant des orteils de nationalistes dans des bocaux de formol. Allez savoir de quoi cette fille était capable, se disait ma tante, avec admiration et frayeur. Il n'aurait pas été absurde qu'Olivia ait constitué un cabinet de curiosités où, alignés dans le noir, sur une étagère dissimulée par un drap, auraient été rassemblés des morceaux des ennemis de la révolution.

Agenouillée au sol, le dos tourné, Olivia avait plongé les mains dans une malle et en avait ressorti une enveloppe jaune. De celle-ci, elle avait extrait sans délicatesse une poignée de planches-contacts. Des foules déterminées, des hommes derrière des grilles. Une femme allaitant un enfant, le sein gauche exposé à l'objectif. Quand Maria vit leurs portraits pour la première fois, en 1942, la plupart de ces républicains étaient déjà morts, tandis que les autres survivaient dans des campagnes au garde-à-vous. Le parfum de défaite avait certainement rempli l'atelier lumineux et humide comme il avait embaumé mon appartement, contaminant les assiettes peintes d'Olivia, ses châles, les poutres au plafond, et même sa lampe à huile éteinte. « C'est Chim », avait prononcé Olivia comme si tout était expliqué. « Chim », répéta Maria pensivement comme si tout était, en effet, expliqué. Gerda Taro était morte, Robert Capa avait disparu sur les routes brumeuses de ce monde. Restait Chim, le diligent Chim, qui avait rassemblé les négatifs et les avait apportés à Olivia, pensant qu'elle saurait quoi en faire. En réalité, Olivia envisageait souvent de les lui rendre. Dans son atelier, il pouvait leur arriver n'importe quoi : il ventait, et parfois il pleuvait sur le plancher aux échardes piquantes. Les souris n'étaient jamais loin, et dans son entourage, les maladroits et les voleurs potentiels, légion. Elle avait hésité, une fois, à les envoyer à Londres, mais pour cela il aurait fallu se confier, et faire confiance, à un pilote. C'était trop risqué. D'abord, ils tombaient comme des mouches et ensuite, ils étaient trop vantards. Olivia attendait de voir se dessiner une occasion qui lui fasse dire « Yalla ». Quand elle avait vu le général, sa stature présidentielle et la façon dont les gens dans la rue se mettaient à trotter sur la chaussée pour lui laisser la place, et à côté de lui sa sainte épouse, la voix douce, les mains gantées, l'idée était née. La situation. Maria. Elle avait attendu la fin du séjour de son amie pour que celle-ci ne puisse pas lui dire non. Dans les formes, c'était du chantage affectif, et d'habitude Olivia rechignait à y recourir étant donné qu'elle avait passé deux décennies à lutter contre cette pratique très répandue dans sa famille. Mais il fallait que Maria cède. « Tu vas prendre ce colis avec toi et l'emporter au Mexique », avait prononcé Olivia d'une voix plus basse que sa tessiture habituelle. « Tu vas traverser l'Atlantique en bateau avec cette malle et la cacher dans l'endroit de ta villa de Mexico le moins vulnérable aux incendies, aux glissements de terrain, aux visites impromptues d'enfants fouineurs, dans l'endroit de ta maison que tu juges le moins sensible au monde. » Maria était une femme rationnelle : elle ne voyait pas en quoi un premier voyage jusqu'à Bordeaux puis en bateau jusqu'à Veracruz puis de nouveau en train jusqu'à Mexico pouvait sauver — et non précipiter — le destin de ces photos. Il lui suffit pourtant d'un regard à Olivia pour comprendre qu'on ne lui demandait pas d'être rationnelle. Elle hocha la tête et prit les mains de son amie dans les siennes. La malle irait au Mexique.

8

En acceptant cette mission, ma tante avait sous-estimé l'importance historique des négatifs et ainsi le danger pour quiconque s'emploierait à les protéger. Comme toutes les entreprises audacieuses, celle-ci avait pour terreau la naïveté. Eût-elle pris la juste mesure de ce qu'elle s'apprêtait à accomplir, ma tante aurait peut-être manifesté une fébrilité particulière, car son aplomb, s'il était réel, connaissait certaines limites. Des lèvres pincées trop fort, trop souvent, des mains qui se déchirent, des pupilles tendues auraient formé autant de signes incriminants, et seraient allés grossir le nuage de la suspicion qui flottait perpétuellement au-dessus de la tête de mon oncle, et, de par leur fonction, au-dessus des têtes des agents maritimes qui incarnaient, sur ce transatlantique avant le départ, la dernière frontière, rien que ça. Aux aguets à l'arrivée de sa femme à Bordeaux, Ortega, qui soupçonnait déjà (qui soupçonnait toujours) des cachotteries de nature sentimentale, observait Maria. Ne parlait-elle pas moins que d'habitude ? Ne scrutait-elle pas le ciel d'un air plus inquiet qu'avant ? Maria, se sachant observée, le laissait faire, encore abrutie par le départ de Lisbonne en train la veille, et plus encore par le souvenir déjà lointain d'Olivia l'enlaçant sur le pas de la porte, enroulée dans un châle, car Olivia détestait la cérémonie des quais de gare, et avait décliné les adieux. Si bien que, face à ce morceau français d'océan Atlantique qui, dans le port de Bordeaux, portait ce masque civilisé qu'elle ne lui connaissait pas, Maria ne pensait pas tellement aux négatifs. Qu'on en finisse, priait-elle. Qu'on parte, enfin, et que la nuit tombe.

Il y eut quand même une petite frayeur chez les Ortega, avant qu'on ne les autorise à vaquer sur le pont amiral. Le général n'avait pas pu se retenir de partir avec des tableaux cubistes. Des originaux, cela va de soi, parmi lesquels un Picasso. Le Louvre avait sans émoi décliné de les protéger, faisant preuve, sur ce coup-là, d'un manque de flair criminel et laissant la porte grande ouverte aux opportunistes de la trempe de mon oncle. Après la guerre, tous les cubistes étaient à New York, les œuvres comme leurs auteurs, et Paris n'était déjà plus la capitale mondiale de l'art. Elle n'a d'ailleurs jamais retrouvé son titre. Ortega s'agita beaucoup quand il fut question de taxes internationales et d'actes notariés. Il parla fort et avec l'assurance d'un homme puissant, misant que dans ce pays-là en temps de guerre, comme dans le sien en temps de paix, il suffisait de bluffer. La sophistication des boutons de manchette de mon oncle et la noirceur des regards qu'il lança aux agents de Bordeaux ne produisirent sur eux qu'un effet relatif. La couleur de sa peau, la grosseur de son nez et son accent pas très sérieux les poussaient à chercher la faute, le crime, malgré les menaces de mon oncle de sonner les huiles du Quai et d'envoyer les incompétents que Dieu avait mis sur sa route s'occuper des feux rouges rue Nationale à Clermont-Ferrand, rue Nationale à Châteauroux ou rue Nationale à Mayotte. Pendant ces longs palabres, au fond du vanity de ma tante, les négatifs reposaient sous une mousseline garnie de bâtons de rouges, de vernis glacés et de petits miroirs en nacre. La valise qui les contenait à l'origine avait été utilisée pour emporter d'autres affaires mais, par superstition, elle faisait partie du voyage. Malgré ces rebondissements, minces pour le contexte, mon oncle et ma tante embarquèrent avec leurs trésors.

Une catastrophe chassant l'autre, on devait déjà trouver plus de juifs que de républicains espagnols sur le bateau de mon oncle et de ma tante. En 1942, la guerre était pliée, en ce qui concernait l'Espagne. J'aime penser que sur ce bateau ils ont croisé Chim. Maria aurait dit, « Oh, mais vous êtes l'ami d'Olivia ! Ainsi vous allez au Mexique ? », Chim se serait penché, la main sur le cœur, gêné par les fulminations silencieuses d'Ortega, tandis que Maria aurait, avec une tendresse bien naturelle, proposé de l'héberger chez eux, à Mexico. Chim aurait décliné tout en saluant, courbé comme un Japonais, reculant jusqu'à ce que son dos touche la porte. Ortega n'aurait pas prononcé un mot jusqu'au petit déjeuner du lendemain, par principe. Cette rencontre, pourtant, n'a jamais eu lieu. Chim a fait la même traversée que mon oncle et ma tante, mais plusieurs années avant eux. Maria, sur ce bateau, était tout à fait seule. Elle a regardé les côtes disparaître avec une lenteur désespérante, essoufflée par la violence de sa tristesse. D'où lui venait cet excès de sensiblerie, ce caprice ? se disait-elle. Elle avait la chance de n'être ni républicaine ni juive, elle aurait dû être contente. Mais les larmes arrivaient, nombreuses et légères. Pourquoi tenir ses engagements lui donnait-il l'impression de mourir un peu ? Dans ces conditions, quel sens accorder au devoir ? se défendait Maria qui sentait en elle comme un glissement de terrain, et son cœur l'abandonner. Lisbonne, c'était chez elle. Lisbonne, *c'était elle*. Elle décida de ne jamais s'en remettre, puisque c'est tout ce qui lui restait à choisir. Les côtes avaient disparu et elle s'en voulut plus encore. C'est comme si c'était elle qui les avait repoussées. Mon oncle et ma tante ne partaient pas pour l'exil, mais pour retrouver le Mexico des années 40. La capitale s'apparentait alors à une ville fortifiée dont les hauts murs venaient de tomber. Une ville folle, comme Ortega les aimait. Ils retrouveraient leur maison. Ils se réhabitueraient aux odeurs, aux bruits. Camphre, poussière, orangers et bien sûr, les oiseaux qui ululent. Ma tante adopterait une nouvelle chèvre pour remplacer Visitación, que les voisins avaient depuis longtemps transformée en somptueux déjeuner dominical. Baptisée Oum Kalthoum par ma tante en l'honneur de la diva égyptienne que mon oncle et elle avaient vue en concert à l'Opéra du Caire, elle aussi passerait du temps sous le manguier. Ma tante se forcerait à ne pas penser aux négatifs. Elle les rangerait quelque part, les oublierait, puis les laisserait aux enfants, s'ils en avaient un jour. Sinon, elle se tairait à jamais.

9

L'une des photographies que je préfère de ma tante est celle où on la voit poser à leur retour d'Europe dans la rue de l'Hippodrome, à Mexico, devant une pile de malles menaçant de tomber les unes sous le poids des autres. Ma tante y apparaît encore chaudement habillée pour le trajet en bateau. Ses cheveux crantés, à la mode des années 40, dépassent élégamment de la gigantesque pelure. Ma tante regarde droit vers l'objectif, avec l'air d'une biche qui se serait déguisée pour la journée en pasionaria — à moins que ce ne soit l'inverse. Dans ses yeux, une espièglerie inhabituelle, que je devine adressée à mon oncle, l'auteur de la photo, mais aussi aux générations futures. Cet amusement, Ortega a pu l'interpréter comme un bon présage : après une traversée éprouvante, la bonne humeur retrouvée de sa femme, la bonne humeur dans leur foyer. Quand, en réalité, Maria pensait, la photo le dit : Je t'ai bien eu, Ortega. Tu m'as tout fait mais je t'ai fait pire et jamais tu ne le sauras.

Olivia Gutierrez

1

L'Olivia de 1936 n'était pas celle de 1940. En quatre ans, tout le monde avait changé mais Olivia, elle, avait vieilli. Dans une lettre adressée à ma tante avant le déménagement de celle-ci pour la France, Olivia disait de 1936 : « Cette année en pèse cent. » La friabilité des chairs n'avait pas pu être un choc pour l'apprentie médecin, mais elle l'était devenue à l'échelle de ces années pendant lesquelles Olivia avait vu mourir des milliers de personnes. Et ils n'étaient pas beaux, ces cadavres, ils n'avaient pas, comme le dormeur de Rimbaud, que deux trous au côté droit. Là où il aurait dû y avoir du plein, on ne trouvait que béances, faisant apparaître aux yeux des civils ce secret bien gardé par la médecine moderne et les militaires, qu'il était si facile pour un humain de ressembler à de la viande, comme dans les dissections qu'on nous apprenait au collège, et où les filles, qui criaient de dégoût au début du cours, non jamais on ne les prendrait à cisailler le ventre d'une innocente souris, se régalaient une heure plus tard devant ce petit amas d'organes savamment imbriqués et exultaient quand elles coupaient le nerf sciatique et qu'une patte arrière réagissait.

Comme tous les novices, Olivia ignorait avant de quitter le Mexique que, dans une ville en guerre, on trouve aussi des scènes normales, des pleurs d'enfants et des moteurs de voitures. Les volets des commerces dans la rue s'ouvrent le matin comme ailleurs, dans une ville en guerre, pendant un temps au moins, un temps qui peut être long comme une année, ou comme deux années, sauf que tout se déglinguera lentement, tout déraillera tranquillement, dans une ville en guerre, et il flottera dans l'air cette certitude que les choses, à un moment, seront pires, et même insupportables, et que jamais elles ne prendront la forme qu'on avait anticipée. Olivia ignorait aussi que, comme une vie, une guerre est faite de phases bancales qui se fondent les unes dans les autres, sans logique apparente, et qu'elle n'en gagnera une qu'après coup, parce que des gens auront pris la peine de chercher de la cohérence et des trames narratives là où l'on pourrait, si l'on n'était pas si attaché à donner du sens à tout, se contenter de reconnaître qu'il n'y a eu qu'une succession de moments absurdes. À l'époque, le mot « traumatisme » n'était pas à la mode, mais quand Olivia posa ses valises à Lisbonne en 1938, après plus de dix-huit mois en Espagne, elle eut du mal à dormir sans laisser la lumière allumée. Elle eut du mal à dormir tout court, craignant le retour des grondements familiers, ceux qui vous prennent d'une poigne ferme sous le diaphragme, faisant anticiper à votre corps ce que ça lui ferait de recevoir un obus et de se désintégrer.

Mais reprenons l'histoire par le commencement, à l'époque où Olivia ne voyait pas, à la place des objets de sa chambre, les ombres des disparus. Depuis Puebla, Olivia avait suivi à la radio les semaines espagnoles qui accoucheraient peut-être bien d'une révolution. Elle avait alors vingt-cinq ans. Emilio, Roberto, Enrique et Ruben fumèrent pendant tout le mois de juillet des cigarettes dans le jardin de ses parents, à portée d'oreille du poste. Ils devaient commencer leur quatrième année de médecine à la rentrée. Les parents de la jeune femme avaient fini par accepter que, dans sa discipline, Olivia n'aurait pas l'occasion de nouer beaucoup de relations amicales avec des filles, faute de candidates. C'est pourquoi ils l'avaient autorisée à inviter qui elle souhaitait sous leur toit. Ses amis se demandaient à voix haute qui des quatre oserait jouer au héros dans les tranchées espagnoles : Olivia assurait avec un entêtement charmant qu'elle préparait son départ. Les autres riaient. Jamais ses parents ne la laisseraient interrompre des études qui devaient la mener à une carrière exceptionnelle pour une femme dans le Mexique des années 30. C'est sans nostalgie que plus tard Olivia repenserait à ses amis et à la rentrée universitaire de septembre 1936, qu'elle avait ratée parce qu'elle était là où elle voulait être, les deux pieds dans le monde. C'est sans nostalgie non plus que, beaucoup plus tard, elle les reverrait, Emilio, Roberto, Enrique et Ruben, transformés en notables, spécialistes de la rate ou du pied, bedonnants et mariés, heureux de vivre là où ils étaient nés et faisant ce que, dans leurs familles respectives, on avait toujours voulu qu'ils fassent.

L'étudiante en médecine était arrivée en Espagne à la fin du mois d'août 1936, dans une zone de guerre où on ne l'avait pas prévenue que tout le monde, même les gentils, était des assassins. Les parents d'Olivia n'avaient pas eu le choix : même s'ils n'étaient pas venus d'eux, leur fille aurait trouvé les moyens matériels de partir pour l'Espagne, et plutôt que de la menacer d'enfermement ou de lui tourner le dos par dépit, laissant la porte grande ouverte aux idées les plus dangereuses, ils décidèrent de l'aider. Cette décision surprendra seulement ceux qui ne sont pas les parents d'une fille unique et têtue. Il y avait eu, en août, des scènes terribles entre la véranda et la chambre aux rideaux roses où Olivia avait grandi, des larmes versées sur la poitrine molle et chaude d'Aïxa, la gouvernante historique de la maison Gutierrez. Le père d'Olivia, un ingénieur spécialiste des ponts, avait plaidé qu'Olivia pouvait bien être hébergée chez la grand-tante du village de Baladero, estimant à tort que sa fille serait impressionnée par les discours antirévolutionnaires de cette partie de la famille. Olivia était une fille délicate, un peu grasse, sensible au confort de son lit et à la qualité de ses repas, elle aurait peur aux premières traces de sang sur un trottoir, c'était une évidence, se disait son père. Sur la question, la mère d'Olivia avait été moins optimiste. La connaissance viscérale de son enfant lui indiquait qu'elle avait donné naissance à une jeune fille étonnamment difficile à effrayer. N'était-elle pas la seule de sa classe à ne pas avoir vomi pendant le premier cours d'anatomie sur cadavre humain ? N'était-elle pas la plus imperméable aux odeurs que ses camarades — tous des garçons, pourtant ! — se plaignaient de sentir incrustées dans les fibres de leurs chemises ? Ana Maria Gutierrez était une mère comme les autres, elle priait pour que sa fille revienne chez eux le plus vite possible. Mais elle sentait confusément que, s'il lui était donné un jour de revoir son bébé, Olivia serait alors une tout autre personne.

L'avion n'étant pas à l'époque ce qu'il est devenu aujourd'hui, un transport bon marché et réputé sûr, Olivia prit le bateau pour gagner le Portugal, puis le train vers ce pays qui faisait tant parler de lui dans les journaux depuis le début du mois de juillet. Au lieu de prendre la direction du terrain d'affrontements le plus proche, comme elle rêvait de le faire, Olivia se rendit avec résignation dans ce village du Pays basque sans montagnes ni accès à la mer où vivait une partie de sa famille, parce qu'elle l'avait promis à ses parents. Son goût pour l'aventure n'empêchait pas l'Olivia de 1936 d'être effrayée à l'idée de fâcher ses parents. Le village de Baladero ressemblait à ce qu'Olivia avait imaginé de Baladero, et sa grand-tante Dolores aux versions les plus honnêtes qui lui avaient été données d'elle à Puebla. Pour décrire Dolores, il suffit de dire qu'elle était le genre de femme à appeler son chat pour la becquée avec une paire de ciseaux rouillée. Dès que le claquement métallique résonnait dans la cuisine, le chat au pelage usé, aux yeux vilains, accourait du fond du jardin et se jetait sur les restes de sardines qui garnissaient sa gamelle. Pendant son séjour, qui dura deux interminables semaines, Olivia fit également la connaissance d'un oncle médecin et d'un cousin notaire. Ils n'étaient ni le fils ni le petit-fils de Dolores, puisque Dolores n'avait pas d'enfant, mais ils lui ressemblaient quand même, comme se ressemblent les familles dans les villages où les étrangers n'ont pas réussi à s'imposer malgré les siècles. S'il avait des vues sur Olivia au début, par devoir en quelque sorte, la visite inespérée d'une cousine au sang fiable mais exotique ayant pu facilement prendre la tournure d'un mariage, Jorge fut vite agacé par l'arrogance de la visiteuse, sa façon de résumer le monde avec véhémence, et son penchant pour les républicains, dont elle parlait comme une petite fille parlerait des habitants d'un pays imaginaire ou d'elfes. À force de ne rien dissimuler de ses opinions — par franchise, se disait-elle —, Olivia acheva de se mettre à dos toute sa famille espagnole. L'oncle Francisco, lui, avait de l'affection pour la gamine, comme un célibataire de cinquante ans peut en avoir pour une jeunesse. Il aimait la regarder marcher, s'attacher les cheveux, mettre des aliments dans sa bouche. Elle était un spectacle, c'est sûr, plus distrayant que Dolores, qui avait l'air d'être née comme ça, le front barré de lignes profondes, le chignon sec, le tablier gras. L'oncle Francisco se souvenait aussi d'avoir eu, vingt ans plus tôt, pour la révolution russe, le genre d'élan qu'Olivia ne cachait pas pour les agités du coin. Mais ça, il le gardait pour lui.

Les jours s'évanouissaient avec la lenteur du temps de l'enfance, et quand Olivia regardait la grande carte du pays que sa tante, une institutrice à la retraite, avait dans son grenier, elle se désolait d'être si gourde. Et puis, un jour, elle entendit parler de ces monastères où l'on recrutait du personnel médical. L'interlocuteur, un ami et patient de son oncle, parlait de ces monastères de la montagne avec le dégoût de quelqu'un qui ne conçoit pas que des prêtres de *son* église puissent s'opposer au mouvement initié par les généraux rebelles sous le commandement de Franco. L'homme avait lui aussi la figure austère et des manières d'ours, comme si c'étaient ces vents forts balayant la région toute l'année qui avaient modelé les habitants à leur image, pas le Dieu auquel ils croyaient. « Si j'avais voulu avoir un prêtre révolutionnaire, je me serais fait protestant ! » dit l'homme à Francisco, pendant une partie de dominos. Et ils rirent de bon cœur, les bougres, car depuis que l'Espagne avait expulsé ses juifs et ses musulmans, il n'était pas envisageable d'être quoi que ce soit d'autre que catholique quand on avait la nationalité espagnole. « C'est l'anarchie, dans les collines de l'est, poursuivit l'homme. Il paraît même que des curés ont transformé leur monastère en camp de base pour leur saloperie de lutte armée. Qu'ils fusillent à tour de bras, contre les murs des chapelles ! Qu'ils transforment leurs salles à manger en infirmeries, pour leurs blessés ! » À ces mots, Olivia retrouva son peps : elle savait désormais où son destin se jouait en son absence. Elle fit ses affaires et annonça un peu abruptement son intention de quitter le village. En retour, la frange Gutierrez de Baladero l'invita cordialement à aller se faire cuire un œuf chez les républicains, avec une négligence que les parents d'Olivia ne leur pardonneraient jamais. Depuis ce 25 août 1936 où Olivia avait quitté Baladero, on s'était gaussé de son impudence dans cette partie de la famille, et ce jusqu'à la mort de Franco en 1975, date après laquelle il était devenu un peu moins facile de trouver chez les Gutierrez d'Espagne des nationalistes convaincus.

2

Fin août 1936, Olivia avait avancé en direction de l'est dans ce pays coincé derrière le golfe de Gascogne, à travers les reliefs que les locaux appelaient pompeusement « cordillère ». De tous les villages aux noms simili-aztèques, elle avait choisi le plus éloigné de Baladero pour s'assurer qu'elle n'y croiserait aucun Gutierrez. Plus tard, ce village se retrouverait sur la nouvelle ligne de front où les nationalistes se battraient pour récupérer les Asturies, et les républicains pour les garder, mais pour le moment les fronts étaient plus loin, au sud, menaçants, invisibles. Olivia s'était glissée de barrage en barrage. Elle exhibait sa trousse médicale avec des sourires et on la laissait passer sans l'ennuyer. À l'époque comme aujourd'hui, une jeune femme voyageant seule inspirait plutôt la sympathie des militaires, puisque tous étaient des hommes qui, s'ils en avaient une, vivaient loin de leur femme. Une fois arrivée à Elgeta, c'est au bureau de poste qu'Olivia demanda le monastère. « Là-haut », lui répondit-on, en toute logique, le menton de son interlocuteur désignant de loin une colline. Elle fut accueillie avec le genre d'enthousiasme qu'un lieu saint et ses occupants pouvaient offrir, d'une chaleur timide, pétrie de sentiments transcendantaux. Là aussi, elle était la seule femme, puisque les moines et les blessés étaient des hommes. On lui indiqua où dormir, dans une petite pièce fraîche et claire, pourvue d'une table et d'un lit. Elle s'y sentit à l'aise, misant que le Jésus en bois qui le surplombait était doté des mêmes pouvoirs que celui qui, toute son enfance, avait dominé sa couche de petite fille. Oui, décidément, l'Olivia de 1936 n'était pas celle de 1940.

L'arrivée d'Olivia fut interprétée comme une aide céleste à la résistance, un coup de pouce de Dieu en faveur du village d'Elgeta. L'été avait été long et dur. Des signes il en fallait, et des prières aussi, en attendant le ravitaillement des puissances démocratiques voisines en armes qui ne pouvait plus tarder, disait-on au monastère. Tous les matins, deux moines enfilaient sans s'émouvoir un fusil sur leur soutane, comme des miliciens déguisés en hommes d'Église, et conduisaient Olivia au centre-ville. Là, elle négociait avec le pharmacien pour qu'il ouvre ses placards et lui fournisse de quoi endormir les douleurs viscérales. Les blessés étaient transportés dans une aile du monastère qui alors n'était pas tout à fait surpeuplée. Plus tard, on les ferait coucher sur les pelouses environnantes, on improviserait des abris avec des draps blancs et on prierait pour que l'hiver ne soit pas précoce. En septembre 1936, néanmoins, la place accordée à chacun était raisonnable, la quantité de soins, correcte. Olivia, qui s'était attendue à devoir soigner des blessés dans des tranchées, car c'est ainsi qu'au Mexique on se figurait alors une guerre européenne, se réjouissait que, dans la région, on se contente d'aligner des hommes contre des murs. Ses premiers blessés n'étant pas les pires, Olivia relâcha un peu la garde, oubliant où elle se trouvait. C'est quand on lui amena un garçon à peine pubère qui s'était fait faucher par une milice alors qu'il faisait la queue devant la boulangerie, parce que son grand frère s'était enrôlé chez les républicains, la mâchoire et les genoux cassés, le poumon gauche perforé, les yeux exorbités comme des melons trop mûrs, qu'Olivia commença à se réveiller en sueur la nuit, puis, pour mieux dormir, à boire le vin rouge qu'on trouvait au monastère, si fort qu'il pouvait assommer un cheval, plaisantaient les autres, et qu'il fallait s'accrocher à la table pour en venir à bout, constatait Olivia.

Au cours du mois de septembre, le photographe polonais s'était installé au monastère. Un type replet et pâle, le front large, les lèvres charnues, dont le brun des yeux pétillait d'un éclat narquois, et qui se faisait appeler « Chim », anticipant, à juste titre, qu'on ne retiendrait pas son nom de famille. Chim et Olivia s'étaient rapidement pris d'intérêt l'un pour l'autre et que dire, si ce n'est que dans une foule homogène de curés de même nationalité, deux observateurs étrangers avaient des chances élevées de devenir intimes. Quelques semaines après son arrivée à Elgeta, on suggéra à Olivia de faire des tournées à vélo dans la région, pour épauler les autres villages, et Chim la suivit. Dans chaque village, le scénario se répétait. Olivia expliquait qu'elle était médecin et d'origine mexicaine. À ces mots, les compliments pleuvaient dans la bouche des hommes qui n'étaient pas avares de points d'exclamation. Chim, derrière, se présentait en français, timidement, mais tout était déjà joué : c'est Olivia que les autres voulaient entendre parler, c'est vers elle que leurs regards se portaient. Les *compañeros* connaissaient bien l'histoire de la révolution mexicaine et ils étaient reconnaissants envers ce gouvernement qui était le seul, avec les Russes, à leur envoyer des armes. Olivia était à l'aise partout, avec tout le monde. Elle n'était pas sujette aux caprices et aux humeurs contre lesquels Chim avait souvent buté chez des jeunes femmes du même âge. Elle regardait les gens droit dans les yeux et retenait leurs prénoms, s'attirant avec facilité leur sympathie. Elle s'inquiétait de savoir s'il ne manquait pas quelque chose aux uns et aux autres — une couverture, de l'eau, de la citronnelle, un bandage neuf — et ces attentions-là, combinées à sa bonne mémoire, faisaient d'elle un excellent médecin. Pour autant, Olivia n'était pas une fille simple. Elle avait comme tout le monde un ou deux abîmes en elle, mais avait pris le parti de ne faire peser ça sur personne, de ne se servir de personne comme d'une béquille ou d'un piédestal. Sa plus grande hantise était de devoir demander service à quelqu'un, ce qui, en temps de guerre, n'était pas un principe simple à tenir.

Chim suivait Olivia à vélo sur ces sentiers sans balises. Ils regardaient grossir, et roussir, la lune, riaient quand le concert d'un crapaud solitaire égayait leur route. Les paysages blonds défilaient, humbles, millénaires. Depuis que les hommes étaient partis pendant l'été, les femmes parlaient à voix basse dans les villages, de peur de réveiller les démons, assises en tablier sur les marches, sous les porches. Les cloches de l'église — il y avait au moins une église par village — venaient de temps en temps interrompre les murmures qui s'échappaient de leurs cénacles. Même les oiseaux étaient devenus inaudibles. Et on n'y était pas mal. Avec leurs pierres taillées, leurs vallées sable et terre de Sienne, les reflets du soleil sur les feuilles de pin et d'eucalyptus, les paysages de la région dégageaient une grâce flamboyante. Plus tard, Olivia reviendrait les visiter en imagination, s'en inspirer pour ses tableaux. C'est comme si plus la terre était belle, plus les hommes étaient amenés à se battre pour elle. Chim avait cette façon de montrer le ciel de l'index et d'analyser la qualité de la lumière : trop écrasée au zénith du soleil, tendre et allongée tôt le matin et à la fin du jour. C'est en le regardant mesurer la longueur des ombres qu'Olivia tomba amoureuse. Que pouvait-elle faire d'autre, dans cette guerre où l'on vivait comme l'oreille sur un stéthoscope géant ?

De ces semaines-là, Olivia gardait un souvenir idéalisé, qui lui semblait un instant parfait du passé reconstitué avec exactitude. Ces semaines-là étaient parfaites, oui, parce que Chim suivait Olivia sur des routes ocre, et que chaque aube promettait de se sentir en vie comme il arrivait trop rarement qu'on se sente en vie. Alors, il était possible de penser que les morts et les blessés n'étaient ni morts ni blessés en vain, que ces disparitions s'inscrivaient dans la lutte qui ferait de l'Espagne une république européenne respectée. Il fallait avoir été le témoin de ce moment où tout, dans le pays, avait été envoyé en l'air, comme la neige en plastique de ces boules que l'on vend aux touristes avec une tour Eiffel miniature enfermée à l'intérieur, pour croire qu'il était possible de faire voler en morceaux les fondements politiques, sociaux, juridiques et moraux d'une nation aussi vieille que l'Espagne sur la simple base de la volonté. Pour Olivia, cette guerre révolutionnaire constituait aussi une séance de rattrapage de la révolution zapatiste. Elle avait été trop jeune pour y participer d'une façon ou d'une autre, puisqu'elle avait deux ans pendant les « dix jours tragiques ». Olivia jurait que ses premiers souvenirs politiques remontaient à 1911, à Puebla. Qu'elle se souvenait très bien de sa mère accueillant à la maison un zapatiste blessé par balle au genou, et de sa gouvernante Aixa pleurant, son mouchoir en tissu sur le nez, devant la fenêtre d'où elle pouvait apercevoir l'agonie d'un jeune carranziste. Si on la contredisait trop fort, elle affirmait carrément qu'à cette période elle avait décidé de devenir médecin « pour soigner les révolutionnaires ». Quelle que soit la véracité de ces deux souvenirs, il est certain qu'Olivia, comme Maria, avait grandi dans un pays où les dictateurs étaient poussés vers l'exil et où les guérillas prenaient occasionnellement les rues. Qu'à l'école, elles avaient appris des *corridos*, ces ballades en hommage à Zapata dont on vendait les feuillets au marché le vendredi, moyennant un centavo. Et que les parents d'Olivia, comme tous les membres à la page d'une certaine classe moyenne, avaient chanté les louanges des « vraies expressions du peuple », sa mère en rapportant du marché des objets aux couleurs vives, en proposant aux invités de la gastronomie mexicaine, et non plus française, en faisant confectionner pour sa fille et elle des robes sur le modèle des costumes traditionnels ; son père, en emmenant Olivia voir des spectacles dans ces petits théâtres de rue qui tout d'un coup firent fureur chez les amateurs d'opéra et en collectionnant des statuettes méso-américaines, censées refléter l'âme mexicaine et son héritage indien. Il faut ajouter à ce bref portrait de la génération des parents d'Olivia les réformes du travail et de la terre que Cárdenas lança en avril 1936, quelques mois avant qu'Olivia ne quitte le Mexique. La jeune fille venait d'un pays où une révolution avait conduit au pouvoir, après vingt ans de luttes, un homme de gauche qui avait une vision pour sa nation et les moyens de lui donner corps. Elle ne pouvait pas ne pas être inspirée par cette idée en partant pour l'Espagne.

À la fin du mois d'octobre, Chim eut le sentiment d'avoir terminé, pour cette fois, son travail dans la région et il fut question qu'il descende vers le sud. Chim n'était pas enclin à ce qu'Olivia le suive. Elle s'était si bien intégrée dans cette communauté, lui disait-il, le soir, en développant ses pellicules dans des pots de fleurs, et puis ces patelins présentaient de la guerre un visage à peu près acceptable. Si elle se cantonnait au Pays basque, insistait-il, en faisant sécher ses clichés sur les mêmes fils où on accrochait le linge, elle ne rentrerait pas abrutie et traumatisée par l'Espagne. Madrid serait différent, Madrid serait terrible, concluait-il en chuintant à outrance, sortant pour l'occasion son plus bel accent polonais. L'analyse d'Olivia était la même que celle de Chim, mais ses conclusions, inverses. Tout se passait à Madrid, lui répondait-elle. Si elle n'exerçait pas dans la capitale en flammes, ce serait comme si elle n'avait jamais mis les pieds en Espagne. Il était hors de question qu'elle reste dans le nord à cautériser des plaies (en 1936, Olivia maîtrisait déjà l'art de l'euphémisme) pendant que Chim et les autres couraient sur les barricades et défiaient les bombes. Les villages basques n'avaient rien à voir avec les grandes villes, rétorquait Chim, de moins en moins amusé. Ce qui caractérisait les uns, c'était leur silence, et les autres, les échos et les cris. Était-ce cela qu'elle voulait ? Des cris ? Olivia prit la pleine mesure de ces sages paroles quand, au début du mois de novembre 1936, Chim et elle arrivèrent à la capitale.

3

De Madrid, je garde un souvenir tendre du séjour que nous avons fait avec mon ex-femme, Mireille, avant de descendre vers l'Andalousie, comme les amoureux qui veulent donner un cadre à la hauteur de leurs sentiments, ou donner de la hauteur à leurs sentiments, je ne sais pas. On s'en doute, c'est un tout autre Madrid qu'Olivia et Chim ont découvert en novembre 1936. Des nouveaux, il en arrivait toutes les semaines par paquets et si, très vite, ils finissaient par être assimilés à un groupe, il fallait accepter ce moment gênant où les autres se connaissaient tous mais ne vous connaissaient pas, vous. Le premier soir, Chim se rendit avec Olivia dans un hôtel situé entre la gare du Nord et le Palais national qu'on lui avait recommandé. La moitié des présents était composée de journalistes, l'autre, de photographes. Tous, sauf Chim, parlaient fort, en plusieurs langues, et se coupaient la parole avec virtuosité. « Depuis quand l'Espagne arrive en page numéro 6 du canard, je te le demande ? » « Tu sais bien qu'il suffit que Léon Blum éternue pour se retrouver relégué dans la section faits divers ! » « Ces salopards ont encore arraché toutes les dents saines de mon papier. » « Allez, je t'offre un verre. Trinquons aux dents saines du journalisme ! » « Est-ce qu'on demande aux ministres d'être objectifs ? Aux boulangers d'être objectifs ? Alors pourquoi demanderait-on aux journalistes d'être objectifs ? » « Il *prétend* qu'il était là quand l'obus est tombé, mais Juan m'a dit, et tu connais Juan, l'exactitude faite homme, Juan m'a dit qu'il était encore au lit à onze heures, et que c'était lui qui l'avait réveillé pour lui remettre un télégramme de Paris, alors tu penses bien que l'obus… » Olivia avait faim et sommeil mais personne autour d'elle ne semblait fatigué. Ces gens-là se nourrissaient de cigarettes, de whisky et d'histoires, elle n'allait pas bâiller comme une enfant alors que les autres tempêtaient de voir la ligne de front se rapprocher (à un kilomètre et demi de l'hôtel depuis la veille !) et hésitaient à retourner en pleine nuit voir comment la situation évoluait du côté de la Cité universitaire. Il faut imaginer la voix cassée de Vera, la photographe sud-africaine devenue plus tard l'amie d'Olivia. L'ironie incendiaire d'Alan, le correspondant britannique, qui réussissait même à faire sourire Chim. Les scènes qu'Herbert faisait au téléphone à la rédaction de nuit du *New York Times*, dirigée par des extrémistes catholiques qui enlevaient de tous ses papiers les morceaux jugés propagande républicaine. On retrouvait chez eux la hiérarchie sociale propre à tous les groupes, avec d'un côté Hemingway et Capa au Savoy, et de l'autre ceux qui faisaient moins parler d'eux. Ponctuels comme s'ils avaient été conviés à une cérémonie officielle, ils étaient tous là. Et ils étaient nombreux, les poètes, les chercheurs de vérité, à avoir voulu vérifier cette chose indescriptible, en jeu dans la guerre d'Espagne, qui avait à voir avec la dignité, et l'innocence, et la grandeur morale de l'Europe, et quelque chose de beaucoup plus grand encore et d'intouchable — la grâce. Les esprits fins surnommèrent un temps la guerre d'Espagne « la guerre des écrivains » : en effet, parmi les milliers d'Européens et d'Américains venus participer aux Brigades internationales, plusieurs centaines écrivirent des romans et des mémoires, si bien que la guerre n'était pas encore gagnée par les franquistes que déjà ses obus et ses morts avaient été transformés en mots. Certains affirmèrent qu'ils s'ennuyaient, les écrivains, de voir les idées extrémistes bouillonner à la surface du continent comme une soupe restée trop longtemps sur le feu. Ils s'ennuyaient, alors, quand l'un des leurs, celui dont ils firent leur emblème, le poète Federico García Lorca, est mort fusillé le 19 août 1936, ils ont fait le déplacement pour soutenir les républicains et, en les soutenant, donner du souffle à leur idée : qu'il était encore possible de sauver le continent européen de sa propre destruction. Par ennui, j'ai personnellement fait des choses beaucoup moins intéressantes que d'aller participer à une guerre où se serait jouée l'idée que je me faisais de la vérité. Il fallait être sacrément convaincu de ce que devait être la vérité pour le faire. Ceux qui ont parfois été raillés comme le *Who's Who* de la guerre d'Espagne ne cherchaient pas à être à la mode, ils cherchaient le frisson et une raison d'espérer. Les statistiques de la guerre étant ce qu'elles sont, il en fallait beaucoup sur le terrain pour que quelques-uns reviennent debout, et témoignent, par-delà les mensonges et par-delà les frontières électriques.

4

Rétrospectivement, l'arrogance des perdants est toujours ridicule, n'est-ce pas ? Je dis « perdants » parce qu'il me fait plaisir de souligner que perdants, les nationalistes l'ont été, pendant un mois ou deux. Je ne suis pas historien mais il y a quelque chose de jouissif à l'idée qu'au début de l'automne les généraux nationalistes envisageaient la chute de Madrid à leur profit avec la même facilité qu'on planterait un couteau dans une motte de beurre, et que cela n'est pas arrivé. Pas cet automne-là, en tout cas. Jouissive aussi l'image des milieux diplomatiques après l'extermination de la résistance à Tolède, frémissant dans leurs télégrammes à l'idée de la prise inévitable de la capitale alors que celle-ci n'a pas eu lieu. Pas là, pas alors. Début novembre, les républicains de Madrid ne disposaient ni de stocks de vivres, ni de défense antiaérienne. Ils commençaient bien à recevoir de Moscou des avions neufs, mais personne dans les comités révolutionnaires ne savait s'en servir. L'optimisme des Allemands et des nationalistes, qui espéraient entrer dans Madrid pour la Fiesta de la Raza, le 12 octobre, était de ce point de vue compréhensible. Mais il y a certaines choses que même un général allemand ne peut pas prévoir, des choses dans lesquelles, si je puis me permettre, un athée serait tenté de voir la main de Dieu, des choses sans lesquelles, ajouterais-je, la guerre d'Espagne n'aurait été que purée d'idéal. Les gradés du camp à l'artillerie, dite chirurgicale par ceux qui écrivaient des éditos sous un ciel serein, ne pouvaient pas prévoir que l'un de leurs officiers aurait le mauvais goût de mourir avec, dans sa poche d'uniforme, plié en quatre contre le sein gauche, l'ordre opérationnel numéro quinze, celui indiquant dans le détail la grande offensive prévue pour le 7 novembre. Que ladite offensive n'avait pas eu lieu le 7 à cause du mauvais temps. Que le gaillard qui avait trouvé le plan le donnerait à son général, un Russe pas né de la dernière pluie qui miserait sur le retardement de l'opération à une date prochaine et déploierait ses troupes en connaissance préventive des intentions de l'ennemi. Que ce tour de passe-passe, enfin, ferait gagner un mois aux républicains et qu'à Noël, les nationalistes ne seraient toujours pas entrés dans Madrid.

Si je commence par cette histoire pour parler de Madrid, c'est pour me donner du baume au cœur parce que le reste n'a rien de réjouissant. La suite est une longue chute, menée avec panache et un zeste d'inéluctabilité. Or, en histoire comme en mathématiques, ce n'est pas le résultat mais le cheminement qui compte, sinon tout pourrait être fondu dans la grande marmite du relativisme : « De toute façon, ils allaient perdre. » Ayant un faible pour ceux que dans le pays de mon père on appelle les losers, je suis tenté, moi aussi, de céder à la machinerie romantique qui fait des républicains des héros. Ce romantisme encore très vivant aujourd'hui dès qu'on parle de la guerre d'Espagne n'est pourtant rien comparé à la furieuse exaltation qui soulevait Madrid à la fin de 1936. Il faut imaginer une ville où accourent de tous les pays d'Europe des révolutionnaires et des journalistes, le cœur battant sous leur unique chemise. Le 8 novembre, pour l'anniversaire de la révolution d'Octobre, un défilé a lieu sur la Gran Vía sous les cris des Madrilènes : « *¡Vivan los Rusos!* » À l'époque, dans les cinémas de Madrid, c'est *Le Cuirassé Potemkine* et *Les Marins de Kronstadt* que l'on projette. Et alors ? Moi, plutôt que de compter les Russes dans les rues de Madrid fin 1936, comme dans un *Où est Charlie ?* en noir et blanc, j'aurais plutôt envie de m'attarder sur la question suivante : d'après quel calcul débile les démocraties européennes ont-elles conclu que laisser couler le voisin leur serait favorable ? Cette stratégie a-t-elle jamais marché dans l'Histoire ? Mais revenons à Olivia.

5

Le jour, Olivia soignait les blessés que les ambulanciers lui amenaient. Des fournées sanguinolentes, qu'il fallait opérer dans la logique inverse de n'importe quel hôpital en paix : les moins mal en point d'abord. Quand c'en était fini, dix autres débarquaient sur les tables, qu'on appelait « d'opération » pour la forme, parce que sans courant, sans batterie, sans drap, sans transfusion, sans produit anesthésiant, la chirurgie pratiquée n'avait rien d'opérationnel. C'était Sisyphe sans la descente. La nuit, quand les bombardements cessaient entre l'heure du dîner, qui depuis un moment ne l'était plus, et l'aube, offrant un répit à la ville, Olivia se portait volontaire pour aller chercher des blessés dans l'obscurité. Les seules lumières de la nuit provenaient des flammes d'immeubles pilonnés de frais et des lampes torches des brancardiers qui, comme des phares insulaires, éclairaient une mer de corps à l'agonie. Il n'est pas aberrant de penser que Chim suivait de temps en temps Olivia dans ses tournées nocturnes, pour se sentir utile, comme les hommes le font avec les femmes qu'ils aiment, espérant que leur présence seule fera bouclier entre leur élue et le danger. Et qu'il n'en a tiré aucune photo pour une raison simple : il n'y avait pas de lumière. De ces nuits-là Olivia s'inspirerait plus tard dans ses toiles, mais les faits y apparaissent tellement sublimés, tellement détournés, que je ne peux pas m'empêcher de regretter qu'Olivia n'ait pas tenu un journal, comme celui du journaliste Louis Delaprée, qui nous aurait mis sur la piste, et dans le détail, de ce à quoi ressemblait cette vie dangereuse.

Puis Olivia perdit sa main. Elle se rappelait ce jour maudit avec une précision cruelle. Dans d'autres circonstances, la main gauche d'Olivia aurait été sauvée, mais les circonstances n'étaient pas autres. Le statut de blessé, à Madrid, ouvrait la porte à toutes sortes d'horreurs, Olivia était bien placée pour le savoir. La journée avait commencé de façon trompeuse. Ce mardi ressemblait à une journée trop belle pour punir à l'aveugle. Une trêve accompagnait les dernières heures de la nuit ; il fallait bien que l'autre camp, lui aussi, se repose, pour ensuite viser plus juste et avec plus de vigueur, pour détruire, en somme, l'enthousiasme intact. Olivia ignorait si les républicains et les nationalistes s'étaient mis d'accord. Rien de formel, bien sûr, mais un accord qui expliquerait le calme répété entre deux heures et six heures du matin. Certains le disaient et l'hypothèse ne paraissait pas farfelue à Olivia dans la mesure où Madrid, depuis le début, imposait ses propres règles, un cadre extra-ordinaire au conflit. Voilà le cheminement que parcouraient ses pensées, en ce matin glorieux, quand elle quitta à sept heures la chambre qu'elle partageait avec Chim, du côté de la gare. Chim buvait déjà un café dans le hall de la réception, auréolé de son calme solitaire et des lumières innocentes de l'aube, indifférent au froid, et la chemise étonnamment dépourvue de plis. Pendant la guerre, chacun développe des manies, et celle de Chim consistait à porter des chemises bien repassées. Quand les coupures d'électricité duraient, il étalait ses chemises sur le bureau de la chambre et déposait avec soin deux gros dictionnaires d'espagnol qu'il avait trouvés en bas et qui, en ces temps-là, ne manquaient à personne. Dès que le courant revenait, on le voyait se précipiter chez la repasseuse de l'autre côté de la rue, ignorant les snipers, et la scène était amusante seulement parce que, en ces occasions, il n'est rien arrivé à Chim.

Olivia avait la faiblesse d'être frileuse. C'est donc enveloppée d'un pull à grosses mailles, et de deux châles dont les sequins se balançaient dans l'air d'autant plus frais du hall que plusieurs vitres manquaient aux fenêtres, qu'elle apparut ce mardi du mois de février 1937, soufflant sur ses mains pour les réchauffer, puis les collant au grand bol de *café con leche* qu'elle aimait boire pour commencer la journée. Plus tard, Olivia repenserait au regard souriant de Chim, dont le visage s'effaçait derrière l'écran de fumée de ses gauloises, et au *bocadillo* que le maître d'hôtel faisait apparaître sur sa table tous les matins, avec un sens du rituel qui, dans ce contexte, confinait à la magie, car dans une ville où l'on trouvait plus de gravats que de boulangeries ouvertes, ce petit bonhomme à la voix croassante réussissait à rassembler assez de fromage pour remplir un petit pain et le lui apporter sur une assiette ornée d'un napperon en papier. La chance dont Chim et elle avaient bénéficié jusqu'ici ne paraissait à Olivia ni surnaturelle ni scandaleuse. Si elle n'avait pas été convaincue qu'il ne lui arriverait rien de grave, son cœur se serait noyé dans les eaux froides de la peur. Pourquoi en était-elle convaincue ? Voilà une grande question. Cette conviction, timide au début, passagère même, se renforçait chaque jour auquel Chim et elle survivaient. Plus les jours s'accumulaient, plus profondément la nature invincible de sa personne se matérialisait, comme une armure de métal laissant à la porte les sentiments papillonnants, si bien que ce mardi-là de février, elle avait totalement banni de son vocabulaire le mot chance. Olivia n'avait pas pu se laver avant de descendre retrouver Chim, car il n'y avait pas d'eau à l'hôtel. Cela durait parfois plusieurs jours. Elle ne s'en trouvait pas trop affectée étant donné qu'il faisait froid. C'était l'été qu'il faudrait trouver l'autodérision nécessaire pour sortir de draps humides de sueur et commencer la journée sans eau fraîche à se passer sur la nuque et sur les autres régions moites de son corps, odorantes comme des petites jungles, se disait-elle ce matin-là, alors qu'elle mangeait son *bocadillo*, et regardait la lumière dorée du matin faire grimacer Chim. Olivia ignorait alors qu'elle n'aurait pas l'occasion de connaître Madrid l'été. Sans le bombardement qui allait survenir, elle serait restée à Madrid. Se serait-elle fait tuer comme son collègue Peter quatre mois plus tard ? Le destin de la valise aurait été tout à fait différent, c'est la seule certitude me concernant.

Depuis son départ pour l'Espagne, ses proches étaient obsédés à l'idée qu'elle meure. Comme Olivia n'envisageait pas sérieusement la possibilité de mourir, sinon elle ne serait pas partie, car contrairement à ce que tout le monde avait l'air de penser dans son entourage, elle n'était pas folle, ces fiévreux conseils l'agaçaient beaucoup. « Fais bien attention à toi. » « Prends soin de toi. » « Nous prions pour toi. » Elle n'était pas venue pour mourir, mais pour sauver des vies qui sans elle se seraient enfuies dans le ciel bleu avec la légèreté d'un soupir. Elle était venue pour faire perdre du terrain à la mort ; pour lui dire : attends ma vieille, pas si vite. Le rêve de toute personne qui choisit la médecine, sinon on fait autre chose, on plante des carottes, on fait des dessins. S'en rendaient-ils compte, les émetteurs de pieux conseils ? Elle ne le savait pas. Ce qu'elle savait, en revanche, c'est qu'à la guerre on mourait rarement d'inattention. Voilà ce que se disait Olivia le matin du jour où elle devait perdre sa main gauche.

Dans cet ordre, il y avait eu le bruit, le noir, puis le moment où elle avait repris conscience, en dehors de l'espace-temps humain habituellement circonscrit par la présence d'autres êtres humains, et d'indicateurs du temps qui passe, comme les horloges ou le cycle du soleil. Olivia se rappelait avoir senti l'air confiné, comme sous une couette chaude, mais sans le confort. Elle avait compris que l'hôpital se faisait bombarder avant que l'obus ne fasse exploser la façade en pierre et tout ce qu'il y avait derrière — elle-même, trois médecins, douze infirmières et quarante-six patients. C'était le sifflement dont elle se souvenait et qui pendant longtemps la ferait sursauter dans la rue dès qu'un bruit produit par la ville se rapprocherait de cette fréquence. Le sifflement *avant* l'impact. L'action *en train* d'être accomplie. La rapidité traître de cette chose aux pouvoirs irréversibles. Sans rien voir, sans pouvoir bouger la tête, Olivia sentait qu'elle avait un tas de pierres sur elle. Elle était même assez consciente pour se demander : combien de mètres ? Combien de mètres la séparaient de l'air frais dont elle se plaignait deux heures plus tôt dans le hall de l'hôtel ? De la réponse dépendrait sa survie. Elle ne pouvait pas non plus bouger son bras gauche. Ses jambes, oui, assez pour avoir mal, mais Olivia avait peur de provoquer un effondrement de débris supplémentaires. Un « tiens-toi droite » maternel, sorti tout droit de l'enfance, la fit rire, puis s'étouffer. Elle était ivre de sensations nerveuses. Olivia avait peur mais à aucun moment elle ne s'est demandé ce que Chim penserait de la nouvelle, ou ses parents — ce qui était peut-être le signe qu'elle n'allait pas si mal.

Eh bien voilà, elle n'était pas morte. Elle n'était pas morte, se dirait-elle plus tard, plusieurs semaines plus tard, avec l'énergie des nuits d'ivresse, alors que son membre fantôme la tiraillait par mimétisme avec ses pensées grises, comme le ferait un chien. Tant de mètres ne la séparaient pas du ciel, finalement, et elle n'avait jamais été aussi contente d'avoir froid. On l'avait roulée dans une couverture, et allongée sur la banquette arrière d'une voiture comme un meuble volé. Des visages dont les bouches souriaient et les yeux paniquaient avaient défilé devant elle. Ils lui demandaient comment elle s'appelait, comment elle se sentait. Ce n'était pas son équipe. Elle parvint à articuler l'idée que son équipe devait être dans le même état qu'elle, puisque c'est l'hôpital, *son* hôpital, qui avait été bombardé. Elle réussit à se convaincre qu'ils n'étaient pas tous morts. Si elle avait survécu, pourquoi pas les autres ? Plus tard, on lui expliquerait qu'elle avait eu de la chance de se trouver dans l'angle d'une pièce au moment du bombardement, que c'était pourquoi les murs et les étages supérieurs lui étaient relativement moins tombés dessus que sur d'autres. Les cahots de la voiture déclenchaient des douleurs insensées de partout, comme s'il était besoin de confirmer ce matin-là l'étendue de son système nerveux. Si elle avait été en état de parler, elle aurait réclamé qu'on la bâillonne d'un coton imbibé de chloroforme, pour l'expédier ailleurs, dans un monde nuageux dépourvu d'explosions. Malheureusement, elle était encore consciente quand on prononça le mot d'amputation devant elle. Chez le médecin devenu patient, les mécanismes de déni n'étaient pas moins puissants que chez les autres. Au mot « amputation », Olivia ne prit pas l'information pour elle, et ce bien qu'elle ait été la seule patiente dans cette pièce que, par ailleurs, elle ne reconnaissait pas. C'est seulement quand elle vit Peter entrer qu'elle comprit. Surnommé avec affection « la couturière » par ses collègues, parmi lesquels Olivia, Peter était un jeune médecin britannique, doux et maladroit avec les mots, intrépide avec les scalpels et les aiguilles. Il la regarda avec une émotion qui assiégeait d'un rouge carmin ses joues, creuses comme celles d'un jeune gars qui n'a pas mangé un repas chaud depuis un moment. Il expliqua la situation en peu de mots. Tout ce qu'elle entendit fut : « C'est ta main gauche. » Essayait-il de lui dire, lui aussi, qu'elle avait eu de la chance ? La chance n'aurait-elle pas plutôt consisté à ne pas être de garde ce matin-là, comme lui (oui, d'ailleurs, où était-il Peter, ce matin-là ?). À l'hôpital, il leur manquait chroniquement deux choses essentielles : du sang et du produit anesthésiant. Olivia ferma les yeux et se rendit. L'opération fut bien plus laide que le mot « amputation ».

Après la surprise, la douleur et l'absence, vinrent les conseils. C'est comme si son entourage pensait qu'on l'avait amputée du cerveau, pas de la main. On lui disait « Rentre chez toi » avec une ardeur désobligeante. On lui demandait si elle avait appelé ses parents. Sauf Chim bien sûr. Chim, s'il était horrifié, ne le montrait pas, s'il pensait qu'il le lui avait bien dit de ne pas aller à Madrid, il ne le disait pas, s'il trouvait stupide de rester dans une ville en état de siège quand on avait besoin du long repos de la convalescence, il se retenait de poser sur elle des regards empreints de jugement. Chim la couva comme une mère. C'est bien simple, il n'osait plus sortir de leur chambre d'hôtel. Olivia avait beau lui dire qu'elle n'était pas en porcelaine, que si elle avait perdu une main, c'était parce qu'un immeuble entier lui était tombé dessus, pas parce qu'elle était tombée de son lit, et si elle avait survécu à ça, à quoi d'autre pouvait-elle survivre (à tout !), il ne décollait pas de la fenêtre où il fumait d'un air inquiet, de l'aube au crépuscule, l'œil sur le ciel, comme pour prévenir un nouveau désastre. Après deux semaines de réclusion, Olivia céda, un peu inquiète quand même que le manque d'eau et de sommeil ne soit pas favorable à la guérison de ce qu'elle n'arrivait pas encore à regarder sans le pansement, et qu'elle appelait « ma main coupée ». Elle retourna à Elgeta, dans le monastère perché, seule cette fois. On l'y accueillit avec une ferveur double. Depuis son départ, le monastère s'était rempli. Les blessés dormaient en plein air, sous des couvertures données par les villageoises et le ciel sans lune. À Olivia, on donna une cellule propre, pour qu'elle se requinque, un moine ayant accepté de partager la sienne avec un autre moine. « C'est la chambre du docteur », ils disaient. Quand elle les entendait, Olivia avait juste assez de force pour se retenir de hurler dans les couloirs. Si elle ne pouvait plus être médecin, qu'allait-elle devenir ?

La nuit, quand elle n'arrivait pas à dormir, elle sortait du monastère et, du haut de la colline, les genoux sur la terre froide et les bras tendus paumes contre terre, elle remerciait le ciel avec une ferveur nouvelle. C'est comme si dans l'épreuve sa foi avait grandi. Si ce phénomène n'avait rien de mystérieux — il était même assez répandu parmi les survivants de ce monde —, il s'agissait pour Olivia d'une expérience nouvelle, à la fois inquiétante et douce, comme peut l'être le début d'une histoire d'amour. Olivia avait l'intuition que sa douleur de quitter Madrid aurait été infiniment plus violente si elle n'avait pas eu la consolation de se savoir liée pour toujours à la terre espagnole qui avait avalé sa main, qui s'était imbibée de son sang. Revenir intacte aurait été insupportable. Car alors, comment Olivia aurait-elle trouvé de la place pour toutes les autres choses qu'elle y avait laissées ? Le ciel lui avait fait un cadeau. Quand elle aurait mal à l'Espagne, elle regarderait sa main perdue, et elle se rappellerait qu'elle avait aimé ce pays comme elle n'avait jamais osé aimer personne.

6

C'est donc entre les murs du monastère que surgirent les balbutiements de ce qui devait devenir l'une des trajectoires artistiques les plus originales du continent sud-américain. La filiation entre le monastère et les créations d'Olivia ne surprendra pas ceux qui ont déjà eu l'occasion de visiter des églises italiennes. D'abord, Olivia s'est attaquée aux assiettes, les coiffant de têtes de mort ailées, qu'elle faisait sécher au soleil, quand il y en avait, sur la grande table en bois, dans la cour. Puis comme certains résidents moins ouverts que les autres s'étaient plaints aux supérieurs hiérarchiques, et ce malgré le contexte où toute forme de distraction était la bienvenue, Olivia avait rendu les assiettes, que personne n'avait osé repeindre, mais dans lesquelles on n'osait plus manger non plus. Indifférente à cette rebuffade, elle avait entrepris de dessiner une fresque sur celui des quatre murs du monastère qui se trouvait le moins exposé aux regards. Cela dérangea moins les râleurs que les assiettes, car pour voir ce qui deviendrait la première fresque en mosaïque d'Olivia, il fallait descendre le flanc le plus obtus de la colline, en sautillant de pierre en pierre, ce qui n'était pas à la portée de tous.

Pendant plusieurs mois, Olivia pensa à partir, sans arriver à s'extraire de cet environnement anesthésiant qu'incarnait le monastère perché. Dans cette attente où chaque jour apparaissait plus sombre que la veille, chaque jour les fronts plus proches, Olivia se sentait à l'aise comme un poisson dans une mare chaude où l'oxygène viendrait à manquer. Au fond, la question qui tourmentait Olivia n'était pas tant de savoir si elle allait partir ou non, mais où elle partirait quand il faudrait partir. En s'approchant d'Elgeta, la guerre, une dernière fois, lui rendit service. Le village fut évacué et avec lui, le monastère, à l'exception de quelques moines têtus. Olivia s'étonna de son calme au moment de rassembler ses affaires, qui tenaient dans une petite malle. Elle s'était bien préparée, en fait. *Be it. Vale. Certo. Maalesh.* Elle irait ailleurs. Les paysages changeraient, les gens changeraient, les conversations changeraient, mais rien ne changerait. Ce qu'elle appelait sa maison n'était pas un territoire, un État-nation, une frontière ou une capitale, non, c'était ce creux sous le diaphragme, son point d'équilibre au milieu du ventre qui, quand elle le sollicitait avant chaque nouveau départ, lui murmurait : « Tu peux tout. » Par réflexe, elle fit le chemin inverse de celui qu'elle avait parcouru à l'aller, presque deux années plus tôt (deux années seulement !), et se retrouva à Lisbonne, face à l'océan. « Tu peux tout », lui souffla cette voix à l'intérieur de son ventre, et avec ces trois mots pour tremplin, Olivia renonça à retourner au Mexique.

Chim

1

Chim s'était fait connaître dans les journaux communistes parisiens au moment du Front populaire, à l'époque où l'on comptait encore, dans la capitale française, quarante-cinq mille peintres, et où les bus municipaux arboraient des panneaux faisant la publicité de la nouvelle déflation du franc. Les pauvres avaient alors toute leur place à Paris, et dans ses rues, les marchands ambulants en étaient la vivante incarnation. Crieurs, vendeurs de châtaignes, cireurs de chaussures, livreurs de bombonnes de gaz. Souvent, les transactions se faisaient depuis les étages jusqu'au trottoir, et qu'importait le tapage, pour les Américains accourus pour créer, puisque Paris couvait tant de génies. C'était exotique. C'était français. Évidemment, Chim s'était retrouvé rive gauche ; c'est à peine s'il savait qu'au-dessus de la Seine, derrière le Louvre et le jardin des Tuileries, derrière l'Opéra Garnier, Paris continuait, jusqu'aux faubourgs, fameux à la fin du XIXe, et provisoirement passés de mode. Les nuits, on les passait debout sur un trottoir à attendre en riant que l'Europe s'effondre, avec une gaieté désespérée qui avait tendance à flinguer les projets de travail sérieux. Chim, s'il fréquentait les cafés, comme tout le monde, avait de son côté documenté pendant quatre ans le monde ouvrier et la nouvelle caste des chômeurs avec une méticulosité un brin austère, faisant de lui une figure pas particulièrement populaire mais très respectée du petit milieu des photographes étrangers installés à Paris. Il avait atterri dans un groupe de juifs d'Europe de l'Est, photographes comme lui. Même quand on méprisait comme Chim toute forme de chauvinisme, il était plus aisé, pour le nouveau venu, de trouver le fil de son futur nid social parmi les recommandations venues de sa ville natale, ce qui expliquait pourquoi ses premières amitiés étaient si slaves. Au début des années 30, on pouvait dire des membres de ce groupe qu'ils avaient autant fui leurs pays respectifs parce qu'ils résonnaient de slogans nationalistes qu'ils étaient venus attirés par les lumières de Paris et ses promesses de gloire. Chim laissait son ami Robert Capa, le prodige de vingt-cinq ans, briller sous son pseudonyme. Les amitiés célèbres, l'histoire d'amour mythique — Chim n'était pas dépourvu d'une admiration qui, dans les mauvais jours, ressemblait à de l'envie car lui, l'homme intègre, manquait du talent qui consiste à se vendre. Sa place était ailleurs, dans les champs, dans les usines et dans les assemblées générales, loin des bureaux et loin aussi des intrigues. L'austérité ne rebutait pas Chim, au contraire, il s'agissait pour lui d'une longue quête qui remontait à bien avant ses études à la faculté d'art de Berlin. Il était le premier de sa famille à avoir vu le jour dans la capitale polonaise. Les autres Scimzyn venaient de ces campagnes pieuses, caractéristiques de la Pologne, grises l'hiver et vertes l'été, où poussent à l'infini des plants de pommes de terre et de choux. L'air qu'on respirait sur les terrils du nord de la France où Chim travailla l'année du Front populaire n'était pas très éloigné de celui de ses origines. Je me souviens d'avoir été marqué par la blondeur de deux enfants mineurs, aux joues noircies par le charbon, dans l'un des portraits réalisés par Chim à cette époque et qui figure parmi les négatifs. Vus de chez moi, c'est-à-dire de Mexico, ces deux enfants picards avaient l'air tout à fait polonais. Des trois auteurs des photographies qui occupent la valise, le travail de Chim se détache des autres. Ses portraits ont en commun leur calme ramassé. Son regard dilate le temps plutôt qu'il n'immortalise l'action, transformant les citoyens espagnols capturés par sa lentille en peintures, en icônes. Contrairement à la collection de portraits de Capa, composée de généraux et de stars, de ses amis écrivains et de futurs ministres, là déchiffrant une carte là s'en grillant une dans le soleil d'hiver là échappant à un ours là à un missile, sur les photos de Chim, on ne retient pas que la lumière est jolie mais qu'elle ne va pas durer. Mineurs des Asturies, paysans d'Estrémadure, employés des usines basques, parturientes de la maternité de Barcelone, pilotes déjeunant à l'ombre de leur Polikarpov, les petits, les civils habillent le présent avec une densité que n'égale pas, à mon sens, le cliché le plus célèbre de Robert Capa, celui du soldat tombant à la renverse.

Quand il descendit de Paris en train, en septembre 1936, il parut raisonnable à Chim de s'arrêter dans le nord de l'Espagne, pour commencer quelque part. Comme on le sait, c'est au monastère d'Elgeta qu'il a rencontré Olivia, et comme elle, il fut surpris d'y découvrir une activité digne d'une base militaire. Dans les premiers temps, Chim marchait sur les pas des moines guerriers, du réveil au coucher. On pouvait le suivre à l'écho mécanique que produisait son Leica entre les vieilles pierres. Le soir, il développait ses photos dans une chambre noire improvisée dans la crypte, au moyen de pots de fleurs. C'est là qu'il entendit Olivia, pour la première fois, avant même de la voir, donnant des instructions au sujet d'une lessive qui apparemment n'avait pas été bien faite, ou pas à temps, il ne savait pas. Son espagnol médiocre ne lui permettait pas de tout comprendre. Il comprit en revanche que cette voix lui faisait de l'effet, parce qu'elle semblait donner du sens aux choses, une direction, un chemin. Que la propriétaire de cette voix ait les yeux brillants comme la constellation d'Andromède ne gâchait rien, en ce qui concernait Chim. Dans son espagnol d'arrière-cuisine, il aborda courageusement la jeune femme qui répandait le chaud autour d'elle. Par bonheur, Olivia parlait très bien le français, et c'est dans cette langue qu'ils apprirent à faire connaissance. Très vite, il délaissa les moines, et c'est elle qu'il suivit du matin au soir, puis du soir au matin.

2

Novembre à Madrid fut marqué par le début des bombardements. Un premier, le 4, isolé. Puis rien jusqu'à la nuit du 16 et après, personne ne comptait plus. Chim traversa ces deux premières semaines dopé par les slogans et les hourras : « Madrid sera la tombe du fascisme ! » Il n'avait pas longtemps ruminé son échec à convaincre Olivia de rester à Elgeta. C'était une joie de voyager avec elle dans le chaos. Comme les autres, Chim se rendait sur le front en métro. Avant le 16, il y avait encore de l'espoir à Madrid, les photos de Chim le disent. Quelques belles contre-attaques républicaines emportées la semaine de l'anniversaire de la révolution russe avaient suffi à regonfler le moral de la ville. Car c'était la ville entière qui se battait. Il fallait voir la prestance de ces femmes en tablier, au bord du trottoir. Quand elles apercevaient le Leica de Chim, elles contractaient leur biceps, celui qui s'était développé à force de poulets plumés le dimanche et de marmites de soupes remuées le reste de la semaine, et levaient le poing, paume vers l'objectif, dans des poses qui rappelaient la grâce carrée des sculptures soviétiques. Avec les bombes, toutefois, les *mamás* disparurent. Dans les caves, on ne pouvait pas faire tenir plus de cent mille personnes, or un million de Madrilènes cherchaient un abri. Les autres improvisèrent. Ils s'installèrent dans le métro, comme plus tard on ferait à Londres et à Paris. Une rumeur se répandit, selon laquelle le quartier de

Salamanca serait épargné et, dès lors, tout Madrid partit en exode vers Salamanca. Chim y était pour prendre en photo ces familles installées sur les trottoirs comme pour un long pique-nique. Déjà, l'espoir avait disparu. Chim le voyait.

Il faut imaginer Chim mesurant la lumière sur son capteur en forme de boussole, se rapprochant de son sujet, puis s'en éloignant de son pas félin, réglant l'objectif et clac. Quand on sait la taille du viseur qu'il avait à l'époque, le raffinement de la composition de ses images paraît invraisemblable. Je pense notamment à ce portrait de soldats réunis autour d'une longue table en bois, dehors, dans l'un de ces villages du Pays basque où Chim est retourné passer une partie de l'hiver 1937. De la laine pend sur un fil qui traverse le cadre en diagonale. Les soldats attablés sont occupés à en faire des pelotes. Nous sommes alors en janvier et le pire de l'hiver est à venir, il est logique que les soldats se consacrent à cette activité humble. Cinq plans différents composent le cliché, jusqu'à la fumée qui brouille le fond du cadre. Ces moments-là de la guerre n'intéressaient ni *Regards* ni *Life*. De ce point de vue, l'industrie n'a pas beaucoup changé. Il suffit de regarder les couvertures consacrées à la guerre d'Espagne dans ces journaux qui commençaient tout juste à faire leur beurre avec des photos en première page : « La capitale crucifiée », 10 décembre 1936, *Regards*, accompagné du sous-titre « Des photos prodigieuses de Capa » (Capa apparaît en majuscules, dans une police différente). En pleine page, une femme d'une quarantaine d'années se tord les mains, les deux pieds dans les débris de ce qui ressemble à un immeuble bombardé. Le 17 décembre, dans le même journal, on peut lire : « Sur la ligne de feu avec les volontaires de la liberté. Des photos extraordinaires de Capa ». Et ainsi de suite. Avant que mon chemin ne croise celui de la valise, j'imaginais que la presse était devenue ce qu'elle est aujourd'hui sur le tard. Il m'a suffi de faire quelques recherches pour réaliser que c'est au moment où les photos ont pris le pas sur l'écriture que le curseur du sensationnel est monté pour attirer un public qui prenait goût au réalisme spectaculaire. Pour autant, ce sont ces mêmes journaux qui ont permis à l'opinion publique européenne et américaine de se faire une idée de ce qui se passait, à partir de données qui, si elles n'échappaient pas aux filtres — ce n'est rien de le dire —, avaient l'avantage de raconter une histoire. Peut-être que ces lectures matinales ne seront pas allées plus loin dans la tête de Madame Dugenou qu'un « Mon Dieu que c'est injuste, que je n'aimerais pas être espagnole ! », mais au-delà de ces banalités qu'on pense et qu'on se répète, parce que face à l'horreur des guerres civiles notre pensée se paralyse, je crois qu'en certaines occasions ces lignes ont provoqué un sursaut, un appel à l'empathie et même à l'action. Ne dit-on pas que Picasso lui-même, qui ne s'était jusque-là intéressé que très modérément aux événements d'Espagne, s'était mis à l'ouvrage de *Guernica* après avoir lu un reportage de Louis Delaprée dans le journal ? J'aime l'idée que, parfois, quand les hommes politiques se trompent, les journalistes comprennent ce qui se joue, et dans ce domaine il n'y a pas de meilleur exemple que la guerre d'Espagne. Léon Blum pleurait, dit-on, des larmes inutiles et tardives, quand il évoquait Madrid. Roosevelt lui-même avait reconnu que laisser mourir les républicains espagnols avait été en politique étrangère sa plus grande erreur. Tandis que cette génération, la génération de Chim, savait déjà.

3

En descendant vers l'Espagne, Chim avait longé en train la côte française et, alors que son esprit préoccupé par la guerre lui faisait visiter en imagination des territoires déchirés, ses yeux découvraient depuis la fenêtre du train l'une des plus belles régions qu'il lui avait été donné de voir : Sète, Narbonne, Béziers, Perpignan. S'il n'avait pas été si consciencieux dans son travail, il serait descendu et aurait pédalé à travers la lande dont la terre sablonneuse était çà et là imbibée d'eau, comme la chemise d'une femme pendant les montées de lait. Mais Chim était consciencieux et, comme on sait, il alla en Espagne. Des mois plus tard, en 1937, l'été le poussa vers des terres plus clémentes. Chim eut vent de l'existence des camps de réfugiés à Argelès-sur-Mer et il ne lui fallut pas longtemps pour décider d'y aller. En route, il passerait par Elgeta rendre visite à Olivia : ils ne s'étaient pas revus depuis qu'elle avait quitté Madrid. Il y avait peu de place pour les « plus tard » dans la vie de Chim, mais l'idée de la revoir le plongeait dans une rêverie où l'avenir prenait consistance. Olivia n'allait pas passer sa vie dans ce monastère, elle pourrait très bien remonter à Paris avec lui. Il lui montrerait la vie dans les cafés, devenue bon marché grâce à cette inflation du franc qui transformait les pesos espagnols en lingots d'or. Ils y achèteraient pour le prix d'une miche de pain à Madrid des bouteilles de champagne qu'ils iraient boire sur les quais, ou à Montparnasse, ou là où Olivia voudrait. Ils renoueraient à Paris avec leur groupe d'Espagne, et ils n'auraient plus jamais besoin de se parler d'autre chose, car leurs histoires, celles qu'ils raconteraient pour se vanter, celles qu'ils raconteraient pour se soulager, celles qu'ils raconteraient pour rire, formeraient entre eux comme un manteau épais qu'ils se partageraient pendant les longues nuits de l'hiver.

Chim s'était attendu à des reproches parce qu'il n'était pas venu la voir plus tôt. C'est à cela que l'avaient habitué ses romances précédentes, avec des filles qui se disaient libres mais pratiquaient un genre d'amour foncier, où tout était propriété et devoir. Avec Olivia, il n'y avait pas de cahier des charges. Elle l'avait accueilli avec la joie de quelqu'un qui a décidé d'aller bien dans des circonstances défavorables à l'optimisme, une joie agressive. Elle lui avait montré sa mosaïque en cours sur le mur du fond, comment elle se débrouillait à vélo avec une seule main et aussi les olives vertes qui poussaient, dodues, sur la colline d'en face, grâce à ses soins. De toute évidence, la solitude lui avait fait du bien. Chim découvrait cette nouvelle version d'Olivia, plus intense que celle qu'il connaissait déjà, et il était séduit de la voir accomplir le cheminement inverse des adultes de sa connaissance. Plus le temps passait, et plus elle s'affranchissait. Il le lui dit. Il ne lui dit pas : « Tu vas t'affranchir de moi aussi », mais il le pensa, et cette pensée courut sur son visage une partie de la soirée.

Le hasard fit que Chim se trouvait à Elgeta quand il reçut le télégramme d'Herbert lui apprenant la mort de Gerda Taro. Olivia réagit avec tact. Le jour de la mort de Gerda, elle emmena Chim prier dans les collines. Chim aurait préféré ne pas avoir de détails, car des détails naissaient les images ; mais dans le cadre étriqué du télégramme, Herbert avait réussi à déployer son talent de narrateur. Gerda quittant Brunete en voiture. Gerda éjectée du véhicule dans un virage. Gerda écrasée par un char républicain qui fuyait lui aussi le théâtre de la défaite. Il y avait dans ces éléments de récit quelque chose de grossier qui ne seyait pas au parcours de Gerda. Plus tard, Chim n'arriverait même plus à se souvenir de ce nom — Brunete. Pourtant, la bataille ferait la une, et ce nom et celui de Gerda deviendraient inséparables, quand le journal pour lequel elle travaillait le plus souvent ferait le choix contestable de titrer sur « les dernières photos avant sa mort », la mort de celle qu'ils appelaient sans honte leur correspondante, alors qu'ils ne la défrayaient pas, qu'ils la payaient toujours en retard, quand ils se souvenaient de la payer, et que, jusqu'à quelques mois avant sa mort, ils ne savaient même pas, en réalité, qu'ils la publiaient depuis longtemps, puisque Gerda envoyait son travail sous le nom de Capa. Rien ne collait, ni le moment (Capa était alors remonté à Paris pour affaires), ni la façon. Dans les semaines qui suivirent, souvent Chim se réveilla fâché. En rêve, il avait vu Gerda. Elle se tenait devant lui, cigarette à la main, et lui disait, avec ce ton sarcastique que balayait la douceur de son regard, « Vraiment, Chim ? Toi, tu as cru que j'étais morte ? », et Chim comprenait qu'il avait fait une erreur, qu'Herbert s'était trompé, il fallait prévenir Capa, oui, mais qu'elle n'était pas morte, il fallait se réjouir, il fallait… Le rêve revenait et, avec lui, le soulagement intact de cette annonce, puis la colère des petits matins, quand Chim, réveillé cette fois, assis dans son lit, la tête entre les mains, se répétait : « C'est insensé, c'est insensé », secouant le crâne dans l'espoir que le sortilège s'évapore.

Quand il quitta Olivia, Chim était épuisé. Il n'avait pas envie de descendre à Brunete, de revoir Madrid, de parler de Gerda. Tout d'un coup, il voulait une vie où la violence ne serait pas l'un des motifs principaux. Il se ferait instituteur ou postier. Le moment était mal choisi pour retourner en Pologne mais quand la guerre serait finie, quand l'épidémie de folie collective se serait tassée (elles se tassaient toujours), alors oui, il achèterait un petit terrain, il élèverait des chèvres et il apprendrait à faire du fromage, comme un Français. De la terrasse où tous les trois, avec Capa et Taro, ils s'étaient dit : « Cette guerre, elle est pour nous », l'idée semblait bonne. S'ennuyaient-ils à Paris ? Non. Mais comment dormir quand dans le Sud ça grondait, comment ne pas sauter dans un train ? Il aimerait bien savoir ; qu'on lui explique comment ignorer les fourmillements qui dévoraient ses jambes, sa poitrine, quand le reste du monde se tenait à distance en faisant la moue. Il descendit quand même à Brunete où il retrouva Herbert et Vera. Herbert allait très mal. Vera avait dit : « Robert n'est pas là ? » mais Capa avait disparu dans Paris. Paris semblait si loin à Chim, comme une ville qui n'existerait plus, pire, une ville où il ne retournerait pas. De la folie de ces quelques journées, Chim préférait ne pas se souvenir, comme du jour du bombardement de l'hôpital. Chim avait un certain talent pour cela, ne pas se souvenir.

Quand tout fut réglé, il décida de continuer vers l'Andalousie, pour noyer son chagrin dans les paysages. C'est ce que Chim faisait le mieux : promener son flegme de par le monde. Contrairement à Capa, il n'aimait pas le danger type roulette russe, un, deux, trois, tu es mort. Chim aimait le mouvement. Il aimait s'oublier dans les courbes des paysages défilant derrière la fenêtre d'un train. Le Sud était un bon objectif. Pour le Polonais qu'il était, l'ouest du Rhin et le sud de la Loire constituaient un territoire tout à fait exotique. Alors l'Andalousie ! Il voyait les façades des maisons blanchir, l'herbe jaunir, les oliviers grossir. Les troncs de minces palmiers poussaient sur l'horizon, à la verticale. Des champs de tournesols envahissaient les collines. Parfois, il se disait qu'il ne descendrait jamais du train ; qu'il ne ferait plus que ça, regarder par la fenêtre le monde jaunir ou verdir, selon la latitude et selon la saison. Ce projet lui aurait presque suffi. Il rêvait d'être vieux, de ne plus avoir à prouver quoi que ce soit en travaillant. Mais il n'était pas vieux, et il fallait bien faire quelque chose.

4

Quelques semaines plus tard, donc, Chim est remonté vers le sud de la France, sur ces plages où on lui avait dit que des camps de réfugiés étaient en train de s'établir. Argelès, grande comme une plage brésilienne avec les montagnes au fond et les nuages qui s'y accrochent. Comme ça, ça n'avait l'air de rien, une plage. Moi-même, au début, j'ai pensé qu'il devait exister de pires endroits pour un camp de réfugiés. Sauf que d'abord, il ne faisait pas, à Argelès-sur-Mer, les mêmes températures qu'à Bora Bora. Le nom seul fait penser à ces choses que l'on attrape sous les ongles quand ils ont trop longtemps été exposés au froid. Je ne sais pas qui, à la préfecture ou au gouvernement, a eu l'idée de planter des barbelés dans du sable, ni pour faire plaisir à qui ces camps ont été — je n'ose pas dire — « construits ». Après des journées de marche sur des routes susceptibles d'être bombardées, ceux qui atterrissaient là souffraient des mêmes maux : le froid et la faim, le froid et la faim. L'humiliation aussi, certains en sont morts. Certains, je l'ai lu, ont préféré retourner se faire tuer en Espagne plutôt que d'attendre la mort dans un tombeau de sable et de sel. Tous les réfugiés étaient des républicains partis sur les routes avec leurs familles après avoir entassé dans une charrette ou sur un âne ce qu'il leur avait été possible d'entasser. Pour ces gens, les Français n'avaient pas d'empathie, et d'une certaine façon c'est normal, ces histoires vues de l'extérieur ont quelque chose de caricatural. Quand on les entend, ces histoires, on est obligé de se dire ce qu'on se dit quand on entend parler de gens qui meurent d'un cancer à vingt-neuf ans ou dans un accident de voiture à quatorze : que les nôtres, eux, seront épargnés par la folie arbitraire de notre condition. On se dit : « Les pauvres. » Plus tard, on dit : « Je ne savais pas. » Chim, lui aussi, a dormi dans le sable, mais à tout moment il pouvait partir. Chim a pris beaucoup de photos à Argelès. Exceptionnellement, Capa et lui se sont croisés. C'était déjà la fin de quelque chose, Argelès, c'était accepter de voir ce que devenaient les républicains, laisser tomber les fronts. Chim a sympathisé avec une famille et décidé de la suivre de l'autre côté de l'océan. Ils avaient assez d'argent pour arriver jusqu'au bateau, et le prendre, celui qui les emmènerait au Mexique. Le Mexique avait ouvert ses frontières aux réfugiés espagnols. De ce geste-là, je dois dire, je tire encore beaucoup de fierté, et je ne suis pas le seul Mexicain à penser de la sorte. Pour autant, le Mexique ne payait pas la traversée aux réfugiés que le pays se disait prêt à accueillir. Ceux qui ont pu faire le voyage sont donc ceux qui avaient les moyens matériels de le faire.

Souvent, les familles partaient ensemble. Sur une série de clichés prise par Chim en mer, on peut voir à quoi ressemble un homme qui a renoncé à son pays. Dans les regards des femmes et des enfants (je ne compare pas les femmes à des enfants, je sais comment cette distinction pourrait être comprise), il ne brille pas le même éclat sombre de l'honneur perdu. Les femmes aussi étaient inquiètes de voir leur pays disparaître derrière un horizon d'eau. Pourtant, leurs visages ne sont pas brisés. On peut y lire (j'invente peut-être, mais qui pourra me contredire ?) une force résiliente, la capacité à se projeter. Comme tout Mexicain de ma génération, j'ai connu les descendants de ces enfants. Ils imaginaient que Veracruz serait ce lieu magique où des Mexicains sur des chevaux viendraient déposer sur le quai des fruits lourds et sucrés, des habits de couleur. Que les rues de Veracruz seraient dallées de pavés polis par le soleil. Que les gens danseraient la nuit sur une place où, comme dans une bacchanale, l'on n'entendrait plus que le bruit clair des verres qui se touchent et le rire des hommes. Ces rêveries d'enfant n'étaient pas très éloignées de ce à quoi ressemblait Veracruz, une ville au charme d'autant plus tranquille pour ces gens capables de s'émerveiller que du ciel il ne tombe rien de destructeur.

Ce que Chim a vu de Veracruz, je ne peux que le supposer. A-t-il été séduit ou déstabilisé par sa moiteur caribéenne, qui éclate au visage comme les feux d'artifice au-dessus du Zócalo, le samedi soir ? De Veracruz, il se disait au Mexique qu'elle était « la ville la plus noire » du pays, et de ce statut découlaient un certain nombre de mythes ; mais je doute qu'aux yeux du nouveau venu cet aspect de Veracruz se voyait. Dans cette ville au nom de précieuse relique, où les goélands volaient bas et lourd, Chim s'étonnait de la taille du ciel, de sa clarté aussi. Seules les têtes des lampadaires en fer forgé venaient chatouiller les nuages, et, plus loin, les mâts des navires qui depuis la construction du canal de Panamá arrivaient d'Europe et d'Afrique pour rejoindre l'Asie. Il n'était pas rare de voir sécher des carcasses d'espadon sur les paliers ensoleillés, et devant les maisons de plage en bois gondolé, les feuilles luisantes des palmiers se balancer comme au rythme d'un voluptueux morceau de jazz. Chim a-t-il dansé à Veracruz ? Trop timide, il se sera contenté, je crois, de sourire de loin aux couples quinquagénaires, et d'admirer les dos cambrés, les jambes musclées, les chignons vernis de ces femmes qui regardaient loin pardessus l'épaule de leur cavalier avec un air de victoire. Non, Chim ne trouva pas autre chose à faire à Veracruz que de s'installer en terrasse. Il prenait plaisir à regarder les serveurs verser le *café con leche* de ces cafetières géantes avec la même grâce cérémonielle qu'ailleurs on versait le thé à la menthe. Pour tout dire, il ne s'en lassait pas ; il pouvait en boire des verres et des verres — car à Veracruz le *café con leche* se buvait dans des grands verres à horchata. Pour Chim, Veracruz était une trêve, loin des damnés, loin des morts, un répit entre deux farces. Comme chaque fois qu'il se sentait bien quelque part, il envisageait de s'y installer, il rêvait sa maison, les douces balades sur le port, les soirées dans les larges fauteuils des cafés du centre, à voir passer le défilé des marchands ambulants, des hommes en chemises bien repassées et leur cortège de montres, des femmes corpulentes, aux coiffures élaborées, et leur panoplie de robes ; et bien sûr, les plus populaires, les marchands de crocodiles en mousse autour desquels s'amassaient une foule d'enfants, car à Veracruz les enfants vivaient la nuit, et sur le port, comme tout le monde. Puis, comme chaque fois, la rêverie s'évanouissait devant l'ennui potentiel d'une vie sédentaire. Pour lui, la joie des habitants de Veracruz n'avait rien d'enviable. Il avait décidé depuis longtemps que sa vie ne serait pas une affaire de confort, qu'il aurait aussi peu de factures de gaz que possible. Son confort résidait dans le mouvement, et dans l'illusion que ce mouvement lui offrait la maîtrise du temps. Qu'y pouvait-il s'il avait hérité du tempérament Scimzyn, adepte d'un catastrophisme à la petite semaine, avec le pire pour horizon et l'ordre tacite de ne pas lui offrir le visage de la surprise quand il surviendrait ? Les événements de l'été lui donnaient l'occasion de revisiter la vacuité de ce principe : Gerda était morte, l'Europe élisait des fascistes dans l'espoir que ceux-ci sauraient donner du travail aux travailleurs et rendre l'honneur perdu aux hommes déshonorés. (Perdu depuis quand ? Ce n'était pas clair.) D'une certaine façon, le pire était survenu et, malgré tout, Chim attendait vaillamment *la* catastrophe, celle qui abolirait les angles et les couleurs, avec l'ambition de l'étonner.

5

Après Veracruz, les pas de Chim s'évanouissent pour un temps. Il est raisonnable de penser qu'il est alors passé par ma ville, Mexico, comme tant d'autres candidats à l'exil avant lui — parmi lesquels de rares Polonais. Que là-bas, c'est-à-dire ici, il a renoncé à Paris pour quelque temps. Quel goût épouvantable cette décision devait avoir, je ne peux que l'imaginer. Moi qui suis si attaché à ma ville, et qui considère comme un droit naturel, voire divin, d'y vivre aussi longtemps que je vivrai, je me demande dans quel genre de transe le fait de quitter Paris a dû plonger Chim, qui prenait tellement de soin à ne s'attacher nulle part, et qui, à sa surprise, s'était senti « chez lui » à Paris, au milieu de « son » groupe de Juifs errants, parmi lesquels les arrestations avaient plu ces derniers mois. Est-ce à Mexico ou à Veracruz que Chim prit la décision de rassembler les négatifs et de les classer avec une minutie que seule une personne ayant un œil sur la montre de l'Histoire pouvait manifester ? Peut-être est-il rentré, directement si j'ose dire, de Veracruz à Lisbonne en bateau. Mais ce scénario ne fonctionne pas, car il a bien été obligé d'aller chercher les négatifs à Paris, en admettant qu'avant de partir pour le Mexique il les ait déjà rassemblés. À moins qu'un tiers — à moins qu'un tiers ne lui ait remis les négatifs à Lisbonne et, dans ce cas, ce serait dans le studio d'Olivia qu'ont eu lieu la numérotation des rouleaux et le découpage des planchettes — ce qu'en criminologie on appelle la préméditation, rien de moins. Le plus probable, c'est que, comme à son habitude, Chim est arrivé sans prévenir, et il avait commencé à lui parler d'une valise. Il avait argué que sa chambre de bonne parisienne n'était pas un abri fiable, pas plus que sa maison de famille à Varsovie. Il y avait bien Hannah, à Berlin, une ancienne camarade de la faculté des arts de Leipzig, avait-il ajouté, retors. Hannah mise à part, Olivia n'avait jamais eu l'intention de dire non à Chim. Comment aurait-elle pu faire autrement ? Chim était reparti l'esprit tranquille. Ensuite, eh bien, Chim et Olivia ont continué à se voir et, n'ayons pas peur des mots, à s'aimer pendant sept ans. Après leur rupture, ils n'ont pas cessé de s'écrire jusqu'à ce qu'en 1956 Chim tombe sous les balles d'un tireur d'élite égyptien, à côté du canal de Suez. Les Scimzyn auraient été fiers : devant la catastrophe, il avait fait bonne figure.

TROISIÈME PARTIE

Mireille Sarquis

1

L'histoire aurait pu s'arrêter là, c'est-à-dire dans mon armoire. D'une certaine manière, elle aurait *dû* s'arrêter, et alors ça n'aurait pas été une histoire, mais une boîte qui reste fermée. Des trous dans le temps que le futur ne vient jamais combler, comme tout ce qui est perdu. L'histoire continue en réalité et bien malgré moi au-delà de la mort de Greta. Certains diraient qu'elle commence avec elle. « Si Greta n'avait pas eu son accident… » est une phrase qu'il m'arriva de commencer souvent sans oser la terminer, depuis qu'elle n'est plus là.

Très vite, le soir même de leur arrivée chez moi, je dirais, ou peut-être le lendemain, le champ magnétique des négatifs a commencé à transpirer à travers les battants de bois de mon armoire, pourtant constituée d'épaisses portes en cacaoyer. Dans les jours qui suivirent leur adoption, je sentis les négatifs se répandre dans la pièce, puis dans le couloir, puis dans l'ensemble de l'appartement, phénomène que je serais tenté de qualifier de « présence » à défaut d'un meilleur terme. Les mots de Greta me revenaient, et ce que j'avais interprété comme un comportement irrationnel de la part de ma cousine, je le voyais désormais avec clarté, comme si la valise m'était apparue au fond d'un lac aux eaux transparentes. J'espérais au début que les négatifs ne me gêneraient pas plus que la télévision restée allumée dans une pièce, voire qu'ils me tiendraient compagnie, à la manière d'un animal domestique un peu particulier, mais au lieu de cela, j'ai eu de plus en plus de mal à dormir. Soit je ne m'endormais pas, soit je me réveillais plusieurs fois dans la nuit et finissais par allumer la radio en attendant l'aube. Puis des nœuds inconnus sont venus se loger dans les articulations de mon dos. J'eus alors un réflexe net, tranché même, dont je fus le premier surpris. N'ayant jamais cherché à quitter Mexico et nourrissant pour les horizons lointains (steppes, brousses, aurores boréales, terminus glacés) une indifférence qui confinait au mépris, je découvris avec la valise comme l'envie de fuir peut vous manger de l'intérieur, à la façon de cette légende antique dans laquelle un renardeau grignote les entrailles d'un jeune Spartiate, qui l'avait caché sous son manteau. À l'âge honorable que j'ai aujourd'hui, je sais bien que, lorsque fuir apparaît comme la meilleure, ou la seule, solution, c'est que peut-être, précisément, fuir n'est pas indiqué. Mais que sait-on à vingt-quatre ans si ce n'est que l'on est jeune ?

Oh, je n'allai pas loin, mais il s'agissait pourtant d'un départ, et même d'une tentative de disparition. Je pris un bus pour Puebla — il fallut l'arrivée de Mireille dans ma vie pour que je devienne le copropriétaire d'une voiture et, comme on le verra, cette période est désormais derrière moi —, résolu à me soustraire au monde et à ses épouvantables obligations en ne disant à personne où j'allais, ni pour combien de temps je partais. Seul dans la maison rose, qui serait pour toujours l'adresse de mes grands-parents, bien qu'ils ne soient plus dans les murs depuis un moment déjà, si ce n'est en esprit, je hantai les longs couloirs en élaborant des scénarios pour la suppression des négatifs. Il suffisait de les lâcher depuis le pont d'un bateau. (Une solution qui avait l'avantage d'être cinématographique.) Ou de les jeter au feu, ici même, dans la cheminée du salon frais. Mais alors que j'égrenais mes options de truand grand débutant, Greta surgissait. Sous forme de sifflotement d'abord — Greta sifflait souvent, assise devant la fenêtre ouverte, ce qui scandalisait nos grands-parents. *L'amour est en-fant de bohème, qui n'a ja-mais ja-mais connu de loi.* Sous forme de souvenir ensuite. Le passé formait une masse collante, une bassine de mélasse chatoyante qui me donnait envie d'y plonger — mais le courant était fort.

— Il faut que tu mettes du poivre dans ta vie, Jamón, m'avait dit Greta à l'époque de l'ascension de sa relation avec Beppe le nageur.

— Du poivre ? j'avais dit, et elle avait ri.

— Tu ne comprends même pas ce que mettre du poivre dans ta vie veut dire.

Je l'avais regardée et elle avait balayé les angles obtus de mes sourcils d'une main joyeuse. Puis elle avait traversé la pièce jusqu'au gramophone et, peu après, le saxophone de Charlie Parker avait retenti, bancal, rapide comme un vélo au milieu d'un concert de klaxons, de néons qui clignotent, de gens qui parlent fort, le vendredi soir dans les rues de Mexico. « *Salt peanuts, salt peanuts* », chantait Greta en imitant le phrasé du jazzman. D'autres jours, elle préférait au grand Charlie les ballades des Panchos, ou celles d'Antonio Machín. Il y avait dans leurs chansons comme chez elle une nostalgie qui donnait à la sensualité une couleur particulière. Je l'entendais aussi imiter pour me faire rire un gros Américain chantant dans un espagnol où les diphtongues étaient massacrées et les « r » patauds, comme plongés dans le guacamole. « *Que se quede el infinito-o-o sin est-w-ellas, o-o-o que pie-w-da el ancho ma-w su inmensidad, pe-w-o el neg-w-o de tus ojos que no mue-w-a.* » Mais ce jour-là, le jour du poivre, elle s'était retournée et avait dit : « Tu comprendras un jour, Jamón », sur un ton qui me paraissait, seul dans la maison de Puebla, tout à fait crépusculaire. J'avais fini par comprendre. Je comprenais — bien. Toute cette histoire était lumineuse comme des entrailles à travers lesquelles perceraient des rayons de soleil. Greta m'avait laissé une poivrière. De celles qui sont bouchées — transparentes, mais bouchées — et qu'on secoue tout en redoutant que, ce faisant, l'épice ne vienne s'écraser d'un coup sous forme d'amas dans l'assiette et ne rende la chose que l'on planifiait de manger, la chose que l'on se faisait une joie de manger, immangeable.

Ces apparitions avaient lieu alors que j'errais entre les meubles de la maison rose, me demandant ce qui allait arriver à tout ce que contenaient les murs maintenant que leur principale gardienne avait disparu. Est-ce que ma mère aurait le courage de s'en occuper ? L'aurai-je, moi ? Avec distraction, j'ouvrais des tiroirs du fond desquels émanaient des strates de vie évanouies, et que parfois je n'avais pas connues. Dans la pièce que Greta appelait « ma chambre » et dont elle avait fait repeindre les murs en vert émeraude car elle prétendait que le vert était propice à la créativité, j'entrai timidement, pour la première fois seul face à la commode Louis XV et au miroir en pied. Sur le plateau en marbre gris de la commode trônait un coffret à bijoux en marqueterie rapporté d'Égypte par les parents de Greta. Je m'attendais à trouver, dans les encoches en bois verni, une collection de boucles d'oreilles colorées, au lieu de quoi je remontai dans mes filets un paquet de Maspero, reconnaissable à la tête de cheval qui se détachait du fond orange par un liséré d'or. Greta les avait rapportées d'un tournage à Buenos Aires et ne jurait plus que par ces cigarettes, prétendument à cause de leur goût de tabac blond qui lui rappelait les herbes sèches et ondoyantes de la sierra. En réalité, elle les aimait pour l'habillage du paquet, qui allait avec ses robes, et ses poches brillantes, qu'elle calait sous une aisselle pour les soirées en ville. Sans réfléchir, je glissai le paquet dans ma poche de veste, avant de poursuivre ma lente inspection. Qui pouvait m'en empêcher ?

Après dix longues nuits sans sommeil dans la maison de Puebla, pendant lesquelles je n'osais pas descendre au rez-de-chaussée pour aller aux toilettes, préférant pisser dans une bouteille d'eau que je gardais à côté de mon lit — c'était ma façon d'éviter les fantômes —, je décidai de repartir pour Mexico sans avoir pris de décision au sujet de la valise. Disparaître requérait un certain savoir-faire qui à l'évidence me manquait, et la seule certitude qui venait couronner ce séjour raccourci était que, finalement, je n'allais pas me débarrasser des négatifs. Quand je retrouvai mon appartement de Coyoacán dans lequel j'avais emménagé l'année précédente, à la fin de mes études, et où je vis toujours aujourd'hui, les négatifs étaient là où je les avais laissés, rigoureusement intacts.

2

Cinq ans plus tard, la valise avait presque sédimenté en moi. J'avais accepté qu'elle devienne un pilier de mon existence, au point de bouleverser de façon souterraine ce que je considérais relever de mon identité, mais ces remous avaient le mérite de rester invisibles, comme le temps long du vieillissement des cellules. J'y pensais de façon flottante. Il me suffisait de regarder la valise qui avait contenu les négatifs, recouverte de livres, au pied de mon lit, pour sentir leur présence, qui depuis longtemps ne m'empêchait plus de dormir, qui depuis longtemps ne s'infiltrait plus dans les couloirs étroits de mon appartement.

Le jour où je rencontrai Mireille, j'assistais à un vernissage, accompagné de deux amis. J'allais avoir trente ans quelques mois plus tard et l'idée que je n'avais pas encore fait l'expérience de ce que j'appelais à l'époque la vie commune, et ce que j'appellerais aujourd'hui la vie domestique, commençait à me travailler. Plusieurs artistes de notre connaissance exposaient sous la bannière « Nature + Futur ». L'un d'eux avait eu l'idée de fixer une plante en pot à une planche à roulettes. Celle-ci avançait mécaniquement, d'un point à un autre, changeant de direction quand elle se cognait à un obstacle. Agacé que cette invention puisse trouver sa place dans une galerie d'art, je la regardais d'un œil peu amène lorsqu'un gardien inattentif laissa la porte de la salle ouverte. La plante, dotée pour la première fois de sa vie de jambes, fit ce que tout un chacun aurait fait à sa place : elle s'enfuit. Je n'étais pas remis de ma surprise quand je fus cueilli par un grand éclat de rire sur ma gauche. Ce rire appartenait à Mireille. Elle m'interpella amicalement, faisant les remarques plaisantes que l'on imagine en de telles circonstances. Elle m'avait plu tout de suite car j'avais entendu une note affranchie percer à la surface de sa mondanité. Nous nous sommes échappés par la même porte que la plante qui, entre-temps, avait été rapatriée à l'intérieur par son créateur lui-même. « Le problème, c'est que les gens veulent *comprendre*, avait dit Mireille. Mais quand ils sont face à quelqu'un qui se borne à produire pour un entre-soi étanche, ils ne se détournent pas. Ils cautionnent. Ils applaudissent la modernité. »

Je l'aurais embrassée.

Pas tellement plus tard, nous nous étions embrassés.

À la façon que j'avais de me demander où était Mireille avant dans l'univers et comment il se faisait qu'on ne se soit pas rencontrés plus tôt (par exemple dans la petite enfance), à ma façon aussi de sourire seul dans la rue au sujet de choses qu'elle avait dites et qui, en dehors de la bulle que nous formions lorsque nous étions en tête à tête, n'avaient pas de sens ou de drôlerie particulière, je sus que les choses allaient prendre pour moi une tournure inhabituelle : celle de la durée. Mireille Sarquis, mon ex-femme, comme on dit par convenance, bien que cela ne traduise pas les palpitations que son prénom m'inspire encore aujourd'hui, a en effet été ma femme pendant douze ans. Elle devait son nom à un grand-père libanais, attiré comme beaucoup d'autres grands-pères libanais par les rives prometteuses du pays du soleil aztèque. J'ai d'abord cru que le nom de Mireille était d'origine grecque, et ce fut là le premier malentendu d'une longue série entre nous. Mireille restait convaincue que j'étais déçu par ses origines arabes alors que je lui avais très vite confié n'avoir jamais conquis quelqu'un d'aussi séduisant qu'elle. Mireille aurait pu avoir un grand-père ouïgour, en ce qui me concernait, c'était égal. J'étais fier, j'étais transi, je n'en revenais pas. Il s'agissait pour l'un comme pour l'autre de notre premier mariage et, quand celui-ci a pris fin, de notre union la plus longue à tous les deux. Autant dire que nous ne connaissions rien aux relations amoureuses quand nous nous sommes rencontrés. Depuis (l'ai-je déjà précisé ?), Mireille s'est remariée à un producteur de cinéma spécialisé dans les films d'action. Bien entendu, je n'ai pas été convié à la cérémonie. Comme tout le monde à l'exception des quatre cents invités, j'ai appris la chose en lisant le journal.

Qui, dans la famille Sarquis, avait eu la coquetterie de transformer le « k » arabe en « qu » à la française ? Probablement Émile Sarquis lui-même, ce grand-père paternel que Mireille décrivait, conformément à la légende familiale, comme un jeune commerçant analphabète arrivé au port de Tampico sur un rafiot béni par le grand frère prêtre. En réalité, Émile venait d'une famille bourgeoise de la région de Tripoli qui avait amassé puis dilapidé en trois générations les bénéfices du commerce de la soie initié à la fin du XVIIIe siècle par un aïeul débrouillard, avec ces tissus qui arrivaient d'Asie centrale via Alep. Émile n'avait pas hérité de châteaux en Espagne, et en cela il serait sans doute exact de décrire le jeune homme de vingt et un ans qui débarque à Tampico sans parler espagnol comme « désargenté ». Mais analphabète, non, ce serait ingrat pour la mémoire du grand frère Georges, qui avait réussi à envoyer le dernier de la fratrie étudier chez les Jésuites le français et la Bible. L'exagération de l'indigence initiale du grand-père Sarquis permettait à Mireille, et plus encore à son père, Horacio Sarquis, de s'inscrire dans une lignée de self-made-men qui ne devaient rien à personne, sinon à Dieu. Les « Si on veut, on peut » d'Horacio ne voulaient pas dire autre chose que « Ceux qui n'ont pas pu n'ont pas assez voulu ». Ce volontarisme piégeux n'est pas surprenant quand on sait que, des siens, Horacio avait hérité la conviction de mériter toujours plus. Il se plaisait à décrire, dans les repas qui, chez les Sarquis, prenaient souvent la tournure d'allocutions, le tempérament selon lui respectueux des lois, et admiratif de leur pays d'accueil, des immigrés libanais au Mexique. La main sur le cœur, il rappelait comment son père, Emilio Sarquis, lui avait juré d'aimer le Mexique plus que toute autre chose au monde, et dans ces moments-là, j'avais du mal à ne pas penser à mon oncle, avec qui Horacio avait en commun la grandiloquence patricienne, la mauvaise foi, et ces ombres qui dansaient au fond des yeux. Gabriela Sarquis tenait discrètement son rang, mains croisées sur la table, regard de fer en direction de sa fille si celle-ci se laissait aller à hausser les sourcils avec ostentation. Il y avait chez elle comme chez ma tante Maria une élégance sans éclat, et le goût de jouer à la maîtresse de maison, sauf que, et la nuance est importante, je n'ai jamais perçu chez Gabriela les remous souterrains d'une liberté contrariée. Il émanait d'elle au contraire la jouissance d'une femme comblée de ne rien faire, si ce n'est des grasses matinées, d'agréables sorties au cinéma ou au musée, de longs week-ends au bord de la mer, bref, le rêve réussi de l'aînée d'une fratrie de neuf, qui avait été sollicitée très jeune pour faire tourner la famille et avait trouvé une voie de sortie pour un long repos mérité. Son appétence pour l'oisiveté agaçait Mireille qui m'en voulait d'avoir de l'affection pour sa mère. Si j'en avais autant, c'est parce que la légèreté de Gabriela, je la reconnaissais pour l'avoir vue chez ma chère cousine Greta. Je savais qu'il fallait prendre sa légèreté au sérieux et la protéger du monde extérieur, puisque celui-ci avait tendance à transformer en poudre les choses délicates et inutiles. Quoi qu'on pense de sa méthode, Horacio Sarquis avait du talent pour conquérir et amasser. Il avait tellement aimé le Mexique qu'il l'avait goulûment lapé, comme un bol de lait, sauf que la pointe de la langue d'Horacio Sarquis n'avait jamais touché la faïence. Elle baignait dans le lait. Et sa fille aussi avait grandi baignant dans le lait. Cette opulence avait poussé Mireille vers le monde du beau et de l'argent — le monde de l'art contemporain.

À l'époque, je jouissais de la reconnaissance confidentielle de mon milieu, c'est-à-dire du milieu des installations vidéo au DF. Pour la première fois de ma carrière, la sortie de mon court-métrage *Splash* avait suscité quelques frémissements. J'y apparaissais cadré aux épaules, affichant une expression qui se voulait stoïque pendant toute la durée du film en dépit de la succession de produits alimentaires liquides (condiments, lait, eau pétillante, miel) que des mains non identifiées versaient sur ma tête. Les mains appartenaient à mon ami Paulo qui s'était beaucoup amusé à me rendre ce service. Chaque produit glissait sur mon visage à une vitesse différente du précédent, créant l'effet de dissymétrie recherché. Les matières les plus solides s'accrochaient à mes pommettes, prenaient leur temps quand elles arrivaient au niveau des ailes de mon nez, des coins de ma bouche, tandis que les plus liquides roulaient à toute blinde en direction de mon tee-shirt, que j'avais choisi blanc, pour l'effet que l'on imagine. Ce film et l'accueil qui entoura sa projection au musée de l'Innocence induisirent Mireille en erreur : elle imagina avoir déniché le David Lynch mexicain, sans doute parce qu'elle n'avait pas vu tant de films de Lynch que ce qu'elle affirmait, ni d'ailleurs ses tableaux. C'est grâce à l'argent de son père que Mireille ouvrit, à vingt-sept ans, une galerie d'art dans une rue passante du quartier de San Ángel. Elle la dirige aujourd'hui encore. L'argent n'aurait pas dû être un problème pour Mireille puisqu'elle en avait beaucoup, mais cette question resta pendant nos douze ans de vie commune un champ de mines perpétuellement réexploré. Cela me déplaisait d'autant plus que je venais d'une famille de paniers percés au rang desquels Greta n'était pas la moindre. « Il vaut mieux ça que de se faire enterrer avec son or », disait ma cousine pour justifier ses dépenses. Mireille, pour sa part, me reprochait de ne pas gagner assez d'argent alors qu'elle n'avait pas besoin d'en gagner pour vivre dans des standards tout à fait supérieurs à la moyenne nationale, et même tout à fait supérieurs à beaucoup de moyennes nationales. Je ne peux pas lui en vouloir : Mireille n'est pas la seule femme à considérer que son mari doit, à défaut d'être plus riche qu'elle, dépenser plus pour elle qu'elle pour lui.

Toutefois, Mireille n'avait pas l'indifférence qu'ont les riches des pays riches vis-à-vis de ce que son père appelait le peuple des va-nu-pieds. Pour les riches des pays riches, la pauvreté relève souvent de la prouesse intellectuelle. Tant qu'ils ne se font pas tirer la manche au marché par des enfants aux mains noires, tant que des femmes enceintes ne viennent pas leur vendre des mouchoirs sur les routes embouteillées des fins de journée, tant que des adolescents qui ont l'air d'avoir traversé un continent à pied ne jettent pas du savon de force sur leur pare-brise avant de le racler d'un coup sec, dans le court intervalle pendant lequel le feu reste rouge, tant que des octogénaires ne conduisent pas leur taxi, tant que les victimes des cancers provoqués par leurs entreprises meurent silencieusement chez eux, ils peuvent bercer leur culpabilité qui, parce qu'ils sont humains, vient leur rendre visite plus souvent qu'ils ne voudraient bien l'avouer. Ils lui chantent des chansons pour l'endormir, la culpabilité d'être puissants, et d'avoir pris, et de s'être gavés, parce que la vie est courte et qu'ils voulaient en jouir, et qu'en jouissent leurs enfants, pas dans ces proportions mais puisque c'est possible, puisque c'est sur la table, comment résister au frisson de tendre la main et de rafler une poignée de plus, et une autre. Ils lui chantonnent, ma douce, ma chère culpabilité, les autres aussi, ils se servent, dans la boîte aux indemnités, ils font des mômes et cumulent deux chômages, et vivent comme ça, prospères, chacun sa combine après tout. Voilà ce que se disent les riches des pays riches pour mieux dormir. Mireille ne dormait pas bien car Mireille était une riche d'un pays pauvre. Comme tout le monde au Mexique, Mireille mijotait dans le jus de la violence matricielle de notre pays, illimitée comme le wi-fi de nos parcs et de nos élégants bus climatisés. Riche ou pauvre, l'intégrité physique de chaque Mexicain était dans la balance. Il suffisait de voir combien de candidats à la présidentielle avaient été assassinés depuis la révolution mexicaine jusqu'à la fin des années 90, de compter les homicides, les enlèvements et les accidents de voiture, et à cette addition salée il fallait encore ajouter les victimes des séismes et des overdoses, de la violence domestique et de la pollution. Mireille avait conscience qu'en échange des sommes accumulées par les deux générations précédentes de Sarquis, sur lesquelles toute la famille vivait assise, et dont le gavage suintait dans leur confort, et dans leurs blagues, comme une pomme de terre qui germe, il lui fallait vivre dans la crainte d'un enlèvement, ou pire, d'un homicide, et pour éviter ces scénarios, se tenir à l'écart de la rue et de la nuit. Cette contrainte était si bien intériorisée que certains membres de sa famille ne sortaient pas de chez eux de la semaine, puis quittaient Mexico le vendredi soir en voiture pour passer le week-end dans leur ranch. Certes, ils étaient exonérés des luttes pour la survie quotidienne de leurs compatriotes, qui faisaient de leur corps un tremplin, et de leur santé le cheval-d'arçons qui les propulserait juste au-dessus du seuil des deux dollars par jour, mais on ne pouvait pas s'empêcher de se demander, à la fin, qui au juste avait gagné, si en échange de posséder tant on était constamment passible du pire.

3

On pouvait depuis son banc critiquer Mireille pour ses origines privilégiées, et beaucoup ne se gênaient pas pour le faire, mais on ne pouvait pas lui reprocher de manquer d'énergie. Il y avait chez Mireille la force d'un arbre qui aurait décidé de se séparer de ses racines. Pour l'indécis que j'étais, le spectacle de cet appétit constituait un passe-temps formidable. Je l'ai rencontrée l'année de l'ouverture de sa galerie et je peux témoigner qu'au programme de Mireille, le ratage ne figurait pas. Il fallait la voir entrer dans une pièce, sur ses jambes de marin, indifférente à la houle. Dans sa vie publique, Mireille était une bonne oratrice. En privé, elle parlait fort et n'hésitait pas à couper la parole. Nombreux étaient ceux qui considéraient ces traits de caractère comme des défauts, d'autant plus gênants qu'elle était une femme. Pas moi. L'un de mes grands plaisirs était de l'écouter, car Mireille avait une opinion sur tout : le programme politique du nouveau maire de Londres ; la contrefaçon des grands crus de Bordeaux ; la fermeture de Guantánamo ; la découverte des exoplanètes ; la disparition en moins de trente ans de la moitié des espèces sous-marines recensées par l'homme, et j'en passe. Sa confiance me mystifiait et, je crois, la mystifiait aussi. « Comment ça, très assurée ? » disait-elle, quand je lui racontais encore, à sa demande, l'impression qu'elle m'avait faite la première fois que nous nous étions vus. Mireille faisait plutôt mauvaise impression aux hommes, qu'elle regardait du haut de sa bienveillance moqueuse, comme si c'étaient *eux* le sexe faible. Combien de fois Mireille, alors que nous venions de faire l'amour, m'avait dit : « Je ne sais pas comment vous faites pour *travailler* avec ce truc entre les jambes, qui gonfle, qui dégonfle, toute la journée. C'est un miracle, quand on y pense, que vous soyez si productifs. » Elle regardait alors mon pénis avec le sérieux d'un entomologiste accroupi au-dessus d'une termitière dans un pays sahélien. C'est aussi ce qui m'avait séduit chez Mireille : que son rapport aux hommes soit si antagoniste à celui qu'entretenait Greta. Mireille n'avait que peu de goût pour les passions morbides, celles qui vous détruisent après avoir fait de vous un être de lumière. Par ailleurs, elle ne s'était jamais trouvée suffisamment jolie pour miser sa carrière ou ses relations amoureuses sur ce seul critère.

Les années passant, cette confiance se révéla autant un cadeau des dieux qui s'étaient penchés sur son berceau qu'une malédiction, car Mireille, à aucun moment, ne s'était préparée à ce que les choses ne tournent pas exactement de la façon qu'elle avait espérée. Elle travaillerait dur, elle gagnerait la confiance de ses pairs, puis, naturellement, son talent serait reconnu et les ventes suivraient, passant de « bonnes » à « hors du commun ». Les choses n'allaient pas mal pour Mireille, les mauvaises passes financières de la galerie ne durant jamais. Approchant de la quarantaine, cependant, sa lucidité la poussait à constater qu'elle attendait encore le grand éclat, celui qui altérerait irrévocablement la vision que les autres avaient de son travail, et de qui elle était aussi, et de qui elle avait toujours été, car ces choses-là sont dotées de pouvoirs rétroactifs. Elles lavent à rebours à coups de grande eau savonneuse, font briller ce qui jusque-là avait l'allure d'un caillou. C'était le côté messianique de Mireille : elle croyait à un grand événement qui allait arriver et tout transformer autour d'elle. À ce titre, elle comptait autant sur moi que sur elle, et c'est je crois ce qui a contribué à plonger notre amour dans l'huile bouillante. En cela également elle différait de Greta, qui arrivait sans mal à vivre l'instant présent, à le rendre joyeux, ou dense, sans penser au lendemain ou à la semaine suivante. Greta, pour autant, n'attendait pas moins de la vie que Mireille, simplement elle la voyait comme un bouquet de minutes à cueillir, encore, et encore, et encore, tandis que Mireille l'abordait comme une frise chronologique — à ce sujet, Greta aurait probablement dit de Mireille, avec un dégoût exagéré : « C'est normal, elle est Taureau. »

La petitesse de ce que Mireille avait accompli jusque-là ne lui était supportable qu'à l'aune de ce futur transformé par l'équivalent artistique de l'Apocalypse. Plus le temps passait, moins ce que j'appelais pour la faire rire « le grand boum » arrivait, et plus Mireille, devenue une élégante trentenaire, à l'aise dans ses vestes matelassées et sans manches, sa tasse de café en carton dans une main et les clés de sa galerie climatisée dans l'autre, désespérait. Mireille aurait pu saisir cette occasion pour faire ce que d'autres, qui prétendent « se trouver », font : se convertir au yoga, aux retraites silencieuses en ashram ou à la macrobiotique. Elle aurait pu faire beaucoup de choses mais, pour oublier ses espoirs douchés par l'empirisme, elle se tourna vers l'option à la fois la plus accessible et la plus cruciale de la reconnaissance sociale pour une femme : devenir mère. Il me semblait qu'il s'agissait là d'une distraction qui fonctionnerait au mieux deux ou trois ans. Une fois que l'enfant aurait appris à marcher, puis à parler, et nous à vivre sans dormir, les nuages reviendraient, aussi volumineux qu'avant, dans le ciel de Mireille. Mais essayer d'avoir une conversation rationnelle avec Mireille sur la question de notre enfant imaginaire revenait à essayer d'avoir une discussion rationnelle sur le voile des femmes musulmanes avec un Français, ou sur l'Union européenne avec un Britannique, ou sur le Mexique avec un Américain. Au début, nous étions tombés d'accord : il n'y avait ni urgence ni obligation dans le fait de nous reproduire. Puis, insidieusement, notre position commune s'est craquelée pour se séparer en deux entités distinctes, un temps côte à côte, qui ont finalement dérivé loin l'une de l'autre, comme des continents. Plus tard, tandis que ses amies, ses amies d'amies, ses connaissances, ses clientes, ses voisines, les filles des amies de sa mère, bref, tout son échiquier social, se lançaient les unes après les autres dans la vaste entreprise de devenir maman, Mireille passa une partie de plus en plus importante de son temps libre à errer dans des magasins spécialisés en jouets et vêtements pour enfants.

Au fond, je n'étais pas inflexible, mais je fais partie de ces gens qui pensent que les choses arrivent ou n'arrivent pas. Comme je l'ai expliqué, je savais que les problèmes de Mireille ne se régleraient pas avec un enfant : passé la grossesse, cet apogée de gratification sociale, on retrouverait intacts les anciens problèmes sous notre paillasson, et bien sûr les nouveaux. C'est à peu près à ce moment-là que je situe le début de sa liaison avec la personne la plus disponible, physiquement et moralement, de son entourage : son assistant. Je n'en ai jamais voulu à Sebastián, un garçon poli, compétent et même honnête, dans la mesure où, pendant toute la durée de cette relation, il eut l'élégance de m'éviter autant que possible, et de rougir et de baisser les yeux et de trembler lors des rares occasions où il n'avait pas réussi à échapper à un face-à-face, ce qui, paradoxalement, me donnait l'impression d'être quelqu'un d'important. En aucun cas le mot « cocu » ne me vint à l'esprit, mais j'en voulus à Mireille car, comme tous les hommes, je préfère être aimé que trompé.

4

Notre mariage eut lieu un samedi de février. La famille de Mireille avait insisté pour accrocher à l'avant de la voiture une couronne de fleurs blanches. Je me rappelle avoir vu arriver le véhicule, le nez encombré de cette création dont les fleurs avaient été clouées sur une structure en bois léger, et l'avoir jugée morbide. Greta ne se trouvait pas dans mon dos pour en rire, de son rire grave qui emportait tout comme le vent. Greta ne se trouvait nulle part et ce jour-là plus que les autres elle me manqua avec une violence inédite. J'ignorais alors que le deuil m'accompagnerait avec la même ténacité vicieuse que mes plus grands souvenirs de honte. Son nom m'apparaissait, ample, vivant, chaud, mais derrière sa résonance familière, c'était le néant, comme un panneau lumineux qui dissimulerait maladroitement une falaise. Mireille avait remarqué ma tristesse, mais les enjeux de cette journée particulière asséchaient ce que ma pas-tout-à-fait-encore-épouse portait en elle d'empathie. Si elle en avait deviné, comme je le crois, la cause, elle n'avait pas fait un geste ou prononcé un mot de réconfort à mon encontre. Mireille, la bienheureuse Mireille, n'avait pas encore fait l'expérience de la perte, pas même d'un grand-père (en cela, les hommes Sarquis me confortaient dans l'idée que plus on abusait de son entourage et de sa communauté, plus on était appelé à vivre longtemps), c'est pourquoi elle était encore dépourvue d'une certaine maturité, celle que l'on acquiert dans la douleur et grâce à laquelle tout est rebattu de façon irréversible, avec ce qui est important d'un côté, et ce qui est futile de l'autre. Assez tôt dans notre histoire, Mireille avait surnommé Greta « ton fantôme », ce qui me froissait à chaque fois, sans que je n'ose le lui reprocher. Il y avait dans la jalousie de Mireille vis-à-vis de Greta un parallélisme avec celle que j'avais eue pour Beppe, jeune homme, qui ne m'échappait pas, sans pour autant la rendre acceptable. Dans un premier temps, Mireille avait été enchantée de découvrir que Greta et moi étions de proches cousins, car elle avait idolâtré Greta l'actrice, avec l'élan caractéristique des fans et une admiration ornée d'épines, où l'envie triomphait sur la sororité. C'est plus tard que Mireille avait compris, avec l'instinct qu'elle avait parfois pour les choses de l'amour, qu'il y avait en Greta, la Greta disparue et idéalisée, si ce n'est une rivale, du moins un contre-modèle, un absolu féminin, une maîtresse étalon haute comme les Pyramides. Bien sûr, je m'en défendais de l'air courroucé que l'on emploie quand on refuse d'admettre quelque chose d'évident pour les autres, mais le jour de mon mariage avec Mireille, je me surpris à penser que peut-être j'avais confondu les sautes d'humeur de Mireille, son caractère soupe au lait, avec l'éclat sauvage de Greta. Et si j'étais assez lucide pour comprendre qu'il n'était pas de bon augure de tenir pareille liste le jour de mon mariage, je savais également que la vie consistait parfois à tenter quelque chose tout en étant convaincu que cela ne marcherait pas.

De notre mariage, en fait, il suffit de dire qu'il a eu lieu. Croyions-nous à ce moment-là que nous pourrions aller jusqu'au bout de nos vies ensemble ? Non, mais la société nous disait que c'était la façon la plus constructive de devenir adultes, et cela, nous y adhérions volontiers, car Mireille et moi avions en commun d'être un peu trouillards. Horacio aurait certainement préféré un gendre avec lequel il aurait prolongé l'empire Sarquis, mais ma discrétion, et le plaisir évident que je prenais à jouer les seconds couteaux, le força à me faire confiance. Je ne pense pas me tromper en disant que lui qui avait tant voulu prouver au monde sa réussite se trouvait pris de court, mais aussi séduit par mon flegme. Peut-être qu'à d'autres cette belle-famille aurait posé problème, ou au moins de vagues hésitations d'ordre moral. Pour moi, la question ne se posait pas ainsi, dans la mesure où je voyais avec quelle force Mireille cherchait à s'en extraire. J'ai déjà dit mon affection pour la mère de Mireille, Gabriela, et j'avais aussi de la tendresse pour ce père de substitution tardif qu'était Horacio. Pour autant, ma loyauté allait tout entière à Greta et, à travers elle, à la famille de ma mère. Par superstition, j'ai longtemps cru, jusqu'à ce que la valise soit rendue, que je serais amené à connaître le destin abrégé de ses propriétaires précédents. On me rétorquera avec à-propos qu'Olivia est morte presque centenaire. Ce détail n'échappe pas à ma logique : j'imaginais qu'elle s'était débarrassée du sortilège en donnant la valise à ma tante — une idée, certes, discutable. Ce qui est sûr, c'est que je m'attendais plus ou moins à être fauché à mon tour, et bien que mon quotidien n'ait rien de comparable à la dangerosité des vies des trois photographes dont il est ici question, qu'il était tout à fait improbable que, comme Capa, je saute sur une mine dans une rizière, j'y pensais et, pire, je m'en étais persuadé. Or j'ai vieilli. J'ai franchi les paliers de chaque nouvelle décennie sans qu'une maladie ou un accident ne vienne m'arracher à cette vie. Voilà comment je me suis retrouvé à devoir rendre des comptes, en survivant. Cette idée ne m'aurait pas amusé à l'époque, mais aujourd'hui j'en souris de bon cœur. C'est un privilège de l'âge.

5

Ce n'était pas Venise, mais en ce qui nous concernait, c'était tout comme. Nous ne partions jamais en vacances, Mireille et moi. Nous n'avions en effet aucun talent pour cette pratique que certains appellent « lâcher prise » et d'autres « se ressourcer ». Il n'est pas exagéré de dire que nous étions ébahis de nous retrouver en Espagne pour un mois. L'idée de ce voyage venait de moi, ce qui rendait l'entreprise plus étonnante encore, et presque irréelle. Fiers d'être touristes, nous nous sommes retrouvés un matin dans les petites rues derrière la Gran Vía — notre seul repère —, sans guide, sans programme, nos corps fragilisés par le sommeil qui nous avait manqué pendant le long voyage. Quelques mois plus tôt, j'avais fait une rencontre sur laquelle j'aurai l'occasion de revenir, qui avait déclenché mon désir de connaître ce pays où était née la valise de négatifs. Je me souviens avec attendrissement de ce beau début d'été espagnol. La première semaine, nous avons marché dans les longs soirs roses de Madrid, et alors la vie ne semblait plus si courte, ni trop désespérante. Il y avait dans cet été-là un répit qui n'existait pas chez nous, où la saison haute est traversée par d'étourdissants orages et des pluies qui dilatent les trottoirs. La promesse de toutes les choses qu'on espère voir se réaliser inondait l'air de la ville et, portés par elle, nous sentions bourgeonner des sentiments dont nous ne nous croyions plus capables l'un envers l'autre, et vis-à-vis du reste du monde aussi, une bienveillance qui nous avait fait défaut à tous les deux ces derniers temps. Nous marchions sous le ciel généreux, dès le matin et jusqu'à la nuit, intimidés par les tuiles des chaussées et l'apprêt des petits commerces qui donnaient la sensation de se promener dans les années 60. J'avais envie, j'avais presque prévu, de dire à Mireille pour la valise, que Greta me l'avait laissée à sa mort et que j'avais depuis le projet de voir l'Espagne, mais l'opportunité s'évanouissait au-dessus des trottoirs en tuile rose, dans ces rues si étroites que l'eau jetée le matin sur les pavés par de consciencieux concierges n'avait pas encore séché à midi, alors que partout ailleurs en ville le soleil écrasait les larges avenues et les parcs. Mireille s'extasiait sur le charme des Madrilènes, et en particulier des femmes. De leurs jupes plissées, de leurs colliers lourds, de leur indifférence à la chaleur, disait-elle, émanait une esthétique particulière. Elle les imaginait avaler une soupe froide dans une salle à manger protégée par des volets en bois, élégamment rabattus sur le bruit de la rue, face à un mari handicapé dont elles s'occupaient, portées par le sens du devoir qu'elles puisaient dans leurs missels. Je lui disais qu'elle avait trop d'imagination, et tandis que Mireille protestait (« Trop d'imagination, ça n'existe pas »), le moment de lui parler de la valise s'évanouissait encore. Il s'évanouissait à nouveau quand nous étions ivres de *tinto de verano* et que nous nous disions les choses plus fort, sans fard, des choses qui avaient à voir avec l'enfance (pour moi), la vacuité de nos ambitions (pour Mireille), l'obsolescence de l'amour et ses multiples et mystérieuses résurrections (pour nous deux). Il s'évanouissait aussi quand nous passions devant les vitrines des librairies dans lesquelles fleurissaient des ouvrages sur le populisme, et sur les tentations nationalistes, et sur les nouvelles vagues de migration, alors que je voyais la boucle se refermer sur l'Europe, comme elle s'était refermée du temps de la valise, et que je me demandais quelles autres valises allaient naître de cette boucle-là. Et alors que flottait au sommet de l'hôtel de ville de Madrid une large bannière « Refugees Welcome », et que je cherchais les traces de la guerre sur les visages, le moment de parler à Mireille s'évanouissait toujours, et les jours passaient sans que je n'évoque la valise.

Avant de descendre en train vers les côtes riantes de l'Andalousie, nous avons passé des demi-journées entières dans les musées de la capitale. Nous ne parlions pas beaucoup, assommés par la densité de chefs-d'œuvre sagement accrochés, éclairés, et mis à disposition du reste du monde, et je m'en émerveillais d'autant plus, avec le recul, que l'idée d'exposer les négatifs commençait lentement à faire son chemin. Je suis resté un long moment devant *Guernica* qui, comme on peut s'y attendre, a pour lui une belle et grande pièce au musée Reina Sofía. Même hors saison, l'attroupement ne diminue pas. Au moment de notre visite s'y trouvaient cinq à six personnes, les femmes appuyées sur une jambe, la hanche haute, les hommes les bras croisés sur la poitrine ; des quadragénaires, plus ou moins du même âge que Mireille et moi, certainement des Européens. Profitant du départ d'un couple pour me glisser au centre des observateurs, je commençai à m'intéresser à ce qui se trouvait devant moi, avec d'autant plus d'aise que je savais Mireille deux salles plus loin. Même si j'avais déjà vu des reproductions de *Guernica,* j'étais décontenancé devant cette grande toile noire, grise et blanche, qui ne mettait pas en scène, comme on s'y attendrait, les effets d'un tapis de bombes sur une ville de taille modeste, avec des maisons réduites à des gravats, et surtout des morts. Non, tout le monde était vivant dans le *Guernica* de Picasso, hormis peut-être le soldat démembré. Portés par ce fascinant réflexe qu'est l'instinct de survie, les présents soulevaient l'échine. Des bouches de femmes aux langues saillantes donnaient de la peur le visage, risible pour celui qui ne l'avait pas connue, de la panique incontrôlable. Un panneau explicatif, fixé au mur à droite du tableau, rappelait que les femmes chez Picasso étaient les interprètes privilégiées de la souffrance physique et morale (il faut dire que, dans ce domaine, le peintre était un expert), ainsi que l'attestait la série qu'il avait réalisée à la fin des années 30 — *La femme qui pleure, Femme au mouchoir.* En m'approchant de deux pas, je fus frappé de découvrir qu'il y avait là trois femmes, dont une accompagnée d'un enfant. Je ne pouvais pas m'empêcher de voir dans ces trois visages ceux d'Olivia, de Maria et de Greta. « Est-ce que tu as vu leurs pieds ? » me dit alors Mireille, arrivée dans mon dos sans que je la remarque, et je sursautai presque. « On dirait des oursins qui ont survécu à une attaque nucléaire. » C'était la Mireille irrévérencieuse qui m'avait séduit lors de notre toute première rencontre, et ce souvenir effaça les trois visages que je venais d'imaginer.

Après cette visite, les semaines ont continué à s'enrouler les unes sur les autres, comme elles le font parfois, avec harmonie. Mireille prenait un plaisir inédit à ce temps qui n'était pas moins que libre. Je dois reconnaître que, moi aussi, j'ai pris du plaisir à laisser les paysages me rentrer sous la peau et à jeter dans ces tableaux jaunis qui défilaient derrière les vitres du train tout ce qui dans notre vie citadine me plombait. C'est dans cet état d'esprit que nous avons parcouru les jardins de l'Alhambra et les rives du Guadalquivir. Alors qu'un soir, à Cordoue, nous rentrions d'un restaurant où nous avions bu du vin délicat dans de grands verres, et que nous marchions le long des murs de la Mezquita, nous nous sommes arrêtés pour la regarder, plus belle encore, dans la solitude de la nuit, avec ses contours qui éclataient dans le ciel noir. Devant les murs de cette création dont on ne savait plus vraiment si ce qu'on regardait était un clocher ou un minaret, devant ces portes peintes à la feuille d'or, et toutes ces crêtes en pierre qui ressemblaient à des gargouilles, mais qui n'en étaient pas, Mireille me dit, sur le ton de l'évidence : « C'est quand même dommage que les Espagnols aient mis à la porte tous leurs juifs et tous leurs musulmans. Ils peuvent l'attendre encore longtemps, leur deuxième âge d'or. »

Peu de temps après notre retour au Mexique, Mireille et moi nous sommes séparés. À l'échelle de ma vie, dans l'ensemble peu mouvementée, les mois qui ont suivi ont été un supplice, et c'est sans doute pourquoi j'associe à ce voyage en Espagne beaucoup de douceur. Mais j'en garde aussi le souvenir plus amer de cette chose qui n'a pas pu être dite, et même révélée, qui ne l'a été que beaucoup plus tard, et pas par moi, en tout cas pas par moi *à Mireille*, et qui aurait tout aussi bien pu rester tue à jamais, comme ces choses qu'on ressent si violemment, et qu'on dissimule si habilement qu'on ne sait plus dire, à la fin, si leur révélation répandrait l'effroi ou l'extase, si leur dévoilement ferait le bruit d'un tsunami ou bien d'une boisson gazeuse qu'on décapsule.

Francis Blanche

1

C'était un jour bleu et sec du mois de mai, avant que les pluies de juin ne ramollissent le mauvais asphalte des trottoirs et ne donnent à Mexico une odeur piquante et sacrée. Les corneilles volaient haut dans le ciel, annonçant de leurs cris légers une forme d'espoir saisonnier. J'avais passé l'après-midi à humer l'air à grandes lapées depuis le balcon, prenant des notes pour un projet d'installation destiné à un musée d'Acapulco pour lequel m'avait recommandé Mireille et dont l'exposition devait avoir lieu à la rentrée de septembre. Leur idée consistait à démontrer que la littérature, elle aussi, pouvait prétendre à entrer dans les musées. L'exposition se concentrait sur la Beat Generation, dont les membres les plus éminents avaient passé quelques mois au Mexique, lors de voyages qu'ils avaient consignés dans leurs poèmes et leurs correspondances. À l'entrée, m'avait-on dit, devaient figurer les trente-six mètres de rouleaux sur lesquels Kerouac a écrit *On the Road.* Il pensait le format de la page trop restrictif pour l'écriture libre d'associations d'idées telle qu'il l'envisageait, et le rouleau lui permettait d'être interrompu le moins souvent possible dans l'acte d'écrire. Si Kerouac était allé au bout de son raisonnement, avais-je dit à Mireille, il aurait écrit sur des murs, et même sur des façades d'immeubles. Mais cela ne l'avait pas fait rire. J'ignore pourquoi c'est *Big Sur* qui, dans l'œuvre de Kerouac, m'avait le plus inspiré. Dans *Big Sur*, il a échoué dans une cabane, prêtée par son ami Monsanto, pour échapper aux lumières de la ville et au titre de « roi des beatniks ». Kerouac se retrouve ainsi seul face à l'océan et à ses démons, tout juste quadragénaire, terrifié et à jeun, incapable de dire s'il a en lui un autre *On the Road.* J'ai eu l'idée d'une installation sonore qui recréerait son parcours depuis la plage jusqu'à la cabane, modulant le bruit du vent et des mouettes, dans une version gothique de l'océan que n'aurait pas reniée Edgar Allan Poe. Il me plaisait, en tout cas, de le penser. Dans une ambiance tout à fait antagoniste, je travaillais l'idée de ce que j'avais appelé les *Cauchemars ivres* depuis mon balcon au-dessus duquel les corneilles faisaient leurs gammes d'été, me demandant avec légèreté s'il était assez tard pour boire un premier verre, me demandant aussi dans quel restaurant Mireille et moi irions dîner après le vernissage où j'avais promis d'aller. Mireille était venue me chercher en voiture depuis San Ángel, où se trouvait sa galerie, pour aller dans Roma, où avait lieu le vernissage. Elle avait dû monter me chercher à l'appartement car, comme souvent, je n'avais pas vu l'heure, ni entendu le téléphone. Elle portait un tailleur blanc et malgré son air irrité qui, avec le temps, était devenu un automatisme plus qu'une façon d'exprimer une émotion réelle, je me souviens de l'avoir regardée de biais, une fois assis dans la voiture, et m'être dit que son charme rendait nos engueulades incontestablement plus intéressantes. Ainsi, nous avons remonté l'avenue de los Insurgentes à l'allure que permettaient les embouteillages de la fin de journée, Mireille ressassant mon retard tandis que je regardais par la vitre les gens marcher dans cette lumière jaune qui arrondit les ombres pour mieux nous préparer à l'arrivée de la nuit.

Lorsque je fis la connaissance de Francis Blanche, ce soir-là, Mireille et moi entamions notre neuvième année de mariage. Il n'est pas étonnant que ce soit à un vernissage que mon chemin croisa celui de Francis Blanche puisque pendant les neuf années qui suivirent ma première rencontre avec Mireille, nous n'avons fait à peu de chose près *que* nous rendre à des vernissages. Je n'avais, à tort, pas prêté attention au sujet de l'exposition. C'est ainsi que, plus de deux décennies après que Carlos était venu me remettre la valise à mon domicile, je me retrouvai en compagnie de ma femme à un vernissage consacré à la guerre d'Espagne. Stupéfait et un peu tremblant, je me suis introduit dans l'allée où les reproductions attendaient d'être regardées derrière les vitrines, et délaissai la table nappée de blanc, recouverte de verres de vin, où, en d'autres circonstances, je me serais attardé. Dans l'exemplaire d'un journal communiste des années 30 exposé sous verre, je reconnus plusieurs copies de photos de

Robert Capa dont les originaux se trouvaient dans la valise. Parmi ceux-là, ce cliché pris au lendemain de la bataille de Teruel. Tout ce que l'on voyait de l'affrontement, c'était le titre en gras — « TERUEL » — explosant à la une du journal qu'un homme regardait. Sur son visage se lisait le détachement de quelqu'un qui a appris à encaisser les mauvaises nouvelles. Deux hommes debout, au fond, le dos contre la devanture d'un café, attendaient le nez au vent comme si de loin ils entendaient, eux aussi, les échos de la défaite que rapportait le journal. Il aurait été spontané, et logique, de m'ouvrir à Mireille de cette coïncidence — oui, plus j'y pense, plus il me semble que j'aurais *dû* le faire avec l'assurance d'un homme habitué à lever des voiles sur sa vie. Mais j'ai changé d'avis entre ce moment et le suivant quand j'ai aperçu Mireille de l'autre côté de la pièce, un sourire mondain sur les lèvres, d'une chaleur calibrée. Je n'aurais même pas su comment commencer cette phrase : « Tu vas rire mais… », « Qu'est-ce que tu dirais si je t'annonçais que… », « Tu te souviens de ma cousine Greta… » ? Non, tout cela était grotesque, et puis Mireille n'attendait pas une si belle occasion pour demander la route.

Au lieu de me confier à ma femme, je me dirigeai vers la table que j'avais ignorée un instant plus tôt. Avalés dans l'attente d'un délai raisonnable pour interrompre Mireille et lui signaler mon envie de partir, les trois verres de vin rouge râpeux eurent l'effet escompté et me chauffèrent la nuque. C'est là qu'apparut Francis Blanche. Devant la nappe sur laquelle commençaient à s'accumuler des taches et des miettes, la nuque bien chaude, lui aussi. Très vite, il m'a mis à l'aise car il était habillé avec une certaine négligence et avait un peu mauvaise haleine. Greta aurait dit qu'on n'a pas « un peu » mauvaise haleine ; qu'on a, ou que l'on n'a pas, mauvaise haleine. Or il ne s'agissait pas là de l'une de ces épouvantables remontées gastriques qui mettent fin à toute forme de vie sociale, mais simplement de la trace d'une prise régulière de médicaments, combinée à un long passé de fumeur, qui accentuait l'allure vieillissante de cet homme mince, l'œil clair mais le cheveu défraîchi, la chemise jaune depuis longtemps passée de mode. Québécois de naissance, comme en attestait son anglais mouillé, Francis Blanche donnait un séminaire sur l'histoire de la photographie à l'université de Toronto. L'homme était bavard et se lança avec enthousiasme dans un soliloque où il me parla de Nadar, de Jacques-Henri Lartigue et de Man Ray, des noms qu'il prononçait avec l'accent qu'on imagine. Je ne sais pas pourquoi — je pourrais blâmer le vin, mais le vin n'explique pas tout —, j'ai estimé, à ce moment de notre échange, que je lui étais redevable. Il fallait que j'y aille de ma petite révélation. « Je suis surpris de revoir ici des photos héritées de ma cousine, commençai-je sur un ton badin. Je sais de source sûre qu'elles viennent de Chim, le grand ami de Capa », ajoutai-je. Le regard du professeur se rembrunit de méfiance. « De Chim, vous dites ? Et qu'est-ce qui vous permet d'en être certain ? » prononça-t-il de sa voix aigrelette, dont le volume avait enflé sous l'effet de l'émotion. J'ignorais à l'époque que ces photos faisaient l'objet de fouilles internationales, que des armées de conservateurs avaient été envoyées par le frère de Capa retourner des caves, des jardins et des consulats à Mexico, et qu'une poignée d'originaux avait contacté Cornell Capa directement, après qu'il eut publié une annonce dans un magazine de photographie, avec son numéro de téléphone personnel. Inutile de dire que je ne me serais pas épanché de la sorte si j'en avais eu connaissance. Au lieu de me rétracter comme je l'aurais sans doute fait d'habitude — et par habitude j'entends sans le choc ressenti en voyant quelques-unes des photos exposées sous verre —, je poursuivis, déterminé à gagner le respect de cet homme sympathique : « Parce que ma cousine m'a dit qu'elles venaient de Chim et que sa mère, ma tante, est précisément la personne qui a fait sortir les négatifs d'Europe. »

Ce qui aurait dû être un triomphe me flanqua sur le coup des aigreurs d'estomac. Dans mes mollets, c'était comme si quelqu'un s'était amusé à remplacer mon sang chaud par des petits glaçons remuants. Francis Blanche m'intima l'ordre de répéter dans quelles circonstances on m'avait remis la valise, qui étaient les intermédiaires, et surtout pourquoi je n'en avais jamais fait mention plus tôt. N'étais-je pas au courant que le frère de Capa avait lancé des avis de recherche tous les ans ou presque depuis la fin des années 70 ? Je voulais rétropédaler mais trop tard. Dans cette conversation, il n'y avait pas de pédales, seulement un guidon au-dessus duquel ma tête pendait. Dissimulant tant bien que mal mon trouble, ce en quoi le vin m'aidait, et ne m'aidait pas, j'expliquai que je n'avais jamais entendu parler du frère de Capa puis détaillai les différentes étapes de la passation de la malle, beaucoup plus brièvement que je ne viens de les décrire ici. L'universitaire détecta dans mes propos une vraisemblance historique et son émotion crût. Il se mit à me prendre le bras, à me taper dans le dos. « Ça alors ! Cornell ne va pas le croire ! » s'exclama-t-il, attirant l'attention de la petite assemblée sur nous. Mireille nous regardait avec étonnement, rayonnante dans son ensemble blanc, un verre de vin, blanc lui aussi, en équilibre dans sa main droite. Plus tard, elle attendrait poliment que je lui raconte de quoi nous parlions avec tant de ferveur. Elle attendrait mais ne demanderait rien, car Mireille savait exactement quand poser et quand se retenir de poser certaines questions. Originaire d'une famille où la vérité n'était pas valorisée et, le plus souvent, dangereuse, Mireille s'abstenait d'ouvrir les portes fermées à clé, les carnets intimes, les lettres, ainsi que le vaste contenu des boîtes de réception numériques. C'est simple, elle aurait été la femme préférée de Barbe-Bleue. Dans ce contexte, il m'aurait été utile qu'elle s'agace plus. Se serait-elle simplement enquise de l'identité de l'homme qui me tapait dans le dos avec fracas que, les mains levées haut dans le ciel de notre cuisine, je lui aurais dit : « Je me rends. » Personne, en tout cas, ne peut m'empêcher de le croire.

Francis Blanche me quitta avec une poignée de main intense, après avoir pris mon numéro de téléphone et mon adresse, qu'il me fit épeler deux fois. Pendant le trajet en voiture, je n'ai pas émis un son, sauf pour décliner la proposition de Mireille de dîner dehors, ayant soudain à cœur de me coucher tôt, et de mettre au plus vite une nuit entière entre moi et cette soirée. Quand, une heure après notre retour, j'entendis la porte d'entrée claquer, je dormais presque, et l'idée que Mireille ressorte sans moi ne me dérangeait plus. Je traversai la journée du lendemain sonné mais debout, et comme le ciel s'obstinait à ne pas me tomber sur la tête, je réussis à me convaincre que tout ceci n'avait jamais eu lieu et que Francis Blanche était un esprit sorti tout droit de la bouteille de merlot. Hélas, trois jours après l'exposition, je reçus un coup de téléphone de Blanche. Il venait de regagner l'Ontario, avait contacté Cornell Capa pour lui transmettre la nouvelle et souhaitait me prévenir que celui-ci m'appellerait très prochainement pour m'inviter à New York. Je bafouillai quelques formules courtoises et vagues, et raccrochai avec fureur. Que me voulait-il à la fin ? N'avait-on pas le droit d'hériter de sa propre famille ? Est-ce que vraiment tous les Mexicains étaient voués à se voir traités par les Américains comme de vulgaires voleurs de poulets ? Je n'avais rien demandé à Greta, ni à ma tante. On m'avait caché des choses, puis on m'avait donné des choses, et voilà qu'on m'enquiquinait alors que je n'y étais pour rien, pour rien, pour rien.

Après cet échange, je redevins irascible. Mireille sentait qu'il y avait eu du changement mais elle fit le choix de ne rien dire et, je m'en rends compte aujourd'hui, de profiter de ses soupçons pour s'absenter plus souvent.

Bien sûr, j'étais infidèle à ma façon, mais contrairement à elle je ne faisais pas l'amour sur mon lieu de travail avec d'autres, je m'abstenais d'enlever à d'autres leurs sous-vêtements et de mettre leur sexe dans ma bouche, par respect pour l'engagement que j'avais pris devant toute sa famille et devant ma mère. De cette supériorité morale, je tirais une fierté douteuse. C'est avec beaucoup d'étonnement que, quand tout cela a été rendu public, des années plus tard, Mireille a appris dans les journaux que j'étais le propriétaire de ce lot, c'est-à-dire de ce que tout le monde s'est mis d'accord pour appeler « la valise mexicaine ». J'imagine que sa surprise a été comparable à celle que j'ai ressentie en apprenant qu'elle s'était mariée, et avec qui elle s'était mariée. Bien que le choix ait été conforme aux attentes de Mireille, la confirmation de ce casting avait quelque chose de désagréable. Et par désagréable, je veux dire bouleversant.

J'aurais eu du mal à l'admettre au moment où je vivais encore avec elle, mais le mensonge occupait une grande place dans notre vie quotidienne. Comme dans les films d'animation japonais, au début, le monstre est nuisible mais discret, et puis, avec le temps, il enfle, se gave sur son passage de tout ce qui lui frôle la gueule, pour enfin ressembler à ces figures mythologiques terrifiantes autour desquelles l'air se raréfie et la vie humaine disparaît. Mireille et moi venions d'univers si éloignés que pour nous séduire, pour nous faire croire qu'il n'y aurait pas d'obstacles, nous avions été obligés de mentir. Néanmoins, et j'espère que l'épilogue de cette histoire prouvera ma bonne foi, je n'ai jamais envisagé de garder la valise jusqu'à ma mort. Dans un coin de ma tête se promenait l'idée que, quand se présenterait l'occasion, c'est-à-dire quelqu'un de digne et d'engagé comme l'était Francis Blanche, il serait de mon devoir de parler des négatifs, de révéler que j'en étais le propriétaire, de lancer un fil dans l'air pour voir de quelle façon et par qui il serait attrapé. Et c'est exactement ce que j'ai fait. Seulement je n'avais pas prévu de le faire au moment où, malgré moi, les mots sont sortis de ma bouche. J'ai été surpris et j'ai eu peur, voilà tout ce que je peux dire aujourd'hui pour ma défense.

Comme promis par Francis Blanche, je fus rapidement contacté par Cornell Capa. Je reçus des lettres bien écrites, des coups de fil poliment espacés. Cornell ne désirait pas me harceler mais me joindre. Je laissai les jours couler, ébauchant pour moi-même des dates butoirs sans cesse repoussées et, finalement, je ne lui répondis pas du tout. À ce moment-là de ma vie, il était tout à fait hors de portée de nourrir de l'empathie à l'égard de cet octogénaire qui probablement dormait mal la nuit depuis le retour fracassant de Blanche dans le Nord.

2

Six mois après le vernissage, l'été est arrivé et avec lui son cortège de pluies que je redoute chaque année. Cette saison hautement performative ne m'a jamais beaucoup réussi, mais celle-ci fut particulièrement rude. Je devais terminer l'installation des *Cauchemars ivres* pour la mi-août. Dans la journée, je pensais assez peu à Francis Blanche, ma préoccupation allant au montage du vent et des cris d'oiseaux sur la plage de Big Sur. La nuit, ma mauvaise conscience venait me gratter les pieds à coups de rêves lisibles. J'imaginais Cornell à sa fenêtre new-yorkaise, attendant une lettre qui n'arrivait pas. Parfois, quelqu'un venait frapper à la porte pour lui annoncer en personne qu'il n'avait pas de courrier ; parfois, Cornell descendait lui-même pour s'en rendre compte. Dans tous les cas, il se retrouvait bredouille, dans son vaste appartement avec vue sur un parc. Il fallait y voir, je suppose, un jeu de mots avec le titre du roman de García Márquez *Pas de lettre pour le colonel*, que je relisais cette semaine-là.

La saison haute avait été mauvaise, donc, mais comme toutes choses elle avait pris fin, et avec elle avaient disparu les moustiques et les yaourts glacés, les trottoirs qui collent et les taxis climatisés trop fort. À la surprise de Mireille, je réussis à finir l'installation dans les temps. Je la soupçonnais d'avoir échafaudé un plan B, dans le cas où je n'arriverais pas à respecter la date butoir, son pragmatisme prenant parfois un masque cruel, mais il n'en fut jamais ouvertement question. Le jour de l'inauguration arriva. Mireille et moi étions bien entendu invités. En regardant les lumières du port, je soufflai un grand coup : l'installation enfin terminée constituait une bonne nouvelle, et même mieux, un cap de Bonne-Espérance. « C'est fini », me disais-je en souriant à la foule endimanchée façon littoral. Quand soudain, au milieu des manches courtes, des ourlets hauts, des motifs aux couleurs vives, surgit la silhouette élastique de Francis Blanche, reconnaissable à son pas bondissant et à ses cheveux fins de jeune homme. Francis s'efforça de balayer mon effroi pour m'assurer de ses bonnes intentions (il était convaincu qu'elles étaient bonnes). « C'est une sacrée belle installation, que vous avez faite là, me dit-il gentiment, le menton pointé dans la direction des *Cauchemars ivres*. J'ignorais que vous étiez un supporter de Kerouac ! » Il avait l'air plus frais que lors de notre première rencontre, comme rajeuni ; peut-être était-ce le bleu azur de sa chemisette combiné à la couleur crème de son pantalon : sans être élégants ni l'un ni l'autre, ils lui donnaient bonne mine. J'élaborais prudemment une réponse quand Mireille surgit à son tour de la foule, tel un requin remontant des profondeurs le long d'une barrière de corail. Francis fut charmant et, comme s'il entendait les voix qui criaient à l'intérieur de mon crâne, ne fit aucune référence à la valise. De la même façon, Mireille fut charmante et ne fit aucune référence au vernissage où nous nous étions rencontrés. Tout allait bien. Mireille nous quitta pour un autre groupe, et je m'apprêtais à laisser à mon tour Francis quand celui-ci m'invita à dîner.

Avenant comme Bill Clinton, Francis Blanche n'était pas le genre de personne à qui vous pouviez refuser de partager un repas. Quoique dépourvu d'atouts physiques notables, je le soupçonnais de plaire aux femmes et, d'une certaine façon, il me plaisait à moi aussi. J'acceptai son invitation au terme d'un raisonnement simple : « Finissons-en avec le Québécois. » Francis ne connaissait pas Acapulco — il était évident qu'il avait fait le déplacement exprès pour me croiser — et c'est tout naturellement qu'en chemin, tandis que je conduisais, nous avons discuté de la ville. Oui, je la connaissais bien, la famille de mon épouse ayant des propriétés ici, et des affaires, l'un n'allait pas sans l'autre, à Acapulco ; oui, la ville avait changé depuis l'âge d'or hollywoodien, où Ava Gardner, John Huston et les autres venaient pour être vus ; de ce temps-là il restait seulement la carcasse orangée de La Quebrada, sur la corniche. Je lui conseillai d'aller voir les *clavadistas*, ces naïades à peine sorties de l'adolescence, qui sautaient du haut des falaises, en face de l'hôtel. De leurs petits corps bruns et toniques, la foule se régalait moyennant une pièce, en avalant un épi de maïs à la mayonnaise, ou une banane au chocolat, ou du pop-corn. Francis me demanda si j'en avais déjà vu un se tuer, et je répondis que non, mais que cela arrivait, de temps en temps, pas forcément qu'ils se tuent, mais qu'ils finissent handicapés. Francis réagit, prévisible : comment les familles pouvaient-elles les envoyer au casse-pipe ? J'expliquai que cette activité représentait une source de fierté mais aussi de revenu à laquelle il était difficile de renoncer. À Acapulco, ajoutai-je, crépusculaire, mourir en tombant d'une falaise n'était pas la pire façon de s'en aller.

Par les vitres ouvertes de la voiture, les effluves d'eucalyptus se mélangeaient à celles des grillades des villas voisines, donnant une texture particulière à la nuit dans laquelle pépiaient les cormorans. Le moment aurait été agréable si la menace d'une conversation que je ne souhaitais pas avoir n'avait pendu au-dessus de moi. C'est pourquoi je fus ravi quand Francis, connaissant un peu la mauvaise réputation d'Acapulco, manifesta de la curiosité à entendre des histoires sur les environs. Je lui expliquai que la nouvelle mode, pour les règlements de comptes, consistait à décapiter sa victime, une mode qui venait apparemment des narcotrafiquants de Colombie. Comme Francis faisait l'étonné, je lui répétai ce que j'avais lu dans le journal cette semaine-là : deux jeunes hommes avaient fait irruption dans une boîte de nuit et jeté sur la piste de danse les têtes de cinq victimes. Pas une de ces boîtes avec vue sur la baie entière, fréquentées par des filles et fils de producteurs télé, non, une de celles qui sont lovées dans les collines, loin de la mer et loin des touristes, où les nœuds de la ville se croisent et, quand ils se défont, sentent la mort. Je conseillai à Francis de ne pas aller se promener dans les collines, surtout la nuit. Le pauvre avait pâli à l'idée de ces têtes roulant sans grâce sur le lino et je me rattrapai en lui assurant qu'il n'arrivait jamais rien aux touristes, ce qui était inexact.

Nous étions arrivés au bord de la baie, où s'empilaient les hôtels aux noms convenus et les façades en mauvais plâtre, derrière lesquelles planait l'ombre géante du blanchiment d'argent. Francis semblait réconforté par la vue de la mer et des marchands ambulants, et même par la bise grasse qui berçait notre promenade. Je le prévins qu'Acapulco était la ville du pays où l'on mangeait le plus mal, et il me suivit avec confiance dans une pizzeria tenue par une Allemande. J'observais la patronne aller et venir entre les tables, s'exprimer dans un espagnol parfait, quoique durci, me demandant comment elle avait atterri là. Une histoire d'amour avec un promoteur immobilier fringant ? Mireille le savait sûrement, Mireille savait tout. Quand même, il fallait avoir des choses sérieuses à fuir pour venir s'installer ici, me dis-je. Francis me regardait avec magnanimité. Je lançai entre nous une nouvelle anecdote sur la ville. Le matin même, ils avaient abattu sept personnes sur la plage de la baie, annonçai-je, celle qui attire tous les ans deux cent mille adolescents américains en rut, pour ce que nous appelons la semaine sainte, et ce qu'ils appellent, eux, le Spring Break. Les Américains sont comme ça, capables d'accuser à tort de vol leur jardinier mexicain ou leur plombier mexicain, d'élire quelqu'un qui promet de faire construire un mur entre leur pays et le nôtre, et, dans la même semaine, de payer un billet d'avion à leur progéniture pour la ville la plus dangereuse du Mexique, sans penser qu'elle risque d'y faire un coma éthylique ou de se prendre une balle dans la jambe sur la plage. Mais Francis ne voulait plus entendre parler d'Acapulco, son regard poli le disait, et dans ma détresse toute neuve, je m'accrochai aux coquillages qui ornaient les tables et aux nappes en plastique bleu (c'est sûr, ce n'est pas à Bonn que la patronne aurait pu se permettre ce genre de fantaisie). Mon heure était venue, pensai-je, hélant l'Allemande pour un deuxième mai tai. Francis découvrit qu'elle parlait le français, et pendant leur court échange, chaleureux d'après ce qu'il m'était permis d'en juger, j'envisageai un moment de partir. La voiture était garée en face. Je roulerais jusqu'à Mexico pendant quatre heures, peut-être trois à cette heure-ci, en allant très vite. J'inventerais quelque chose, pour Francis, et pour Mireille, et retrouverais la douceur de notre appartement de Coyoacán, loin du cirque tropical et de mes démons. Mais je n'eus pas ce courage. Avant que l'Allemande ne soit revenue avec notre commande (pizza au chorizo pour moi et pizza aux légumes pour Francis, car évidemment il était végétarien), Francis se lança :

— J'ai fait quelques recherches, vous savez. Sur Olivia Gutierrez.

— La peintre ? répondis-je, comme si je ne savais pas exactement de qui il était question.

— La peintre, oui, confirma-t-il avec douceur, et je lui en sus gré.

Je m'attendais à ce qu'il me parle de l'œuvre d'Olivia avec la même passion pour ses phases nombreuses et complexes que quelques mois plus tôt à propos de Jacques-Henri Lartigue, mais Francis aborda la question que les hommes sont enclins à aborder quand ils parlent des femmes, même d'artistes majeures — et ce faisant, il perdit un peu de mon estime :

— On peut dire qu'elle n'a pas été la femme d'un seul homme ! s'exclama-t-il, s'attendant, j'imagine, à créer un pont de complicité mâle entre nous. Et pas que des hommes, d'ailleurs ! poursuivit-il, entraîné par son propre enthousiasme.

— Je croyais qu'au Canada vous étiez plus avancés que cela sur ces questions, lui répondis-je, authentiquement déçu, mais conscient, aussi, que ce débat me faisait gagner du temps.

Francis blêmit. Ce n'est sans doute pas à Acapulco qu'il s'était attendu à se faire traiter d'esprit rétrograde.

— Ah, vous étiez au courant ? fit-il, me vexant tout à fait cette fois. Et vous croyez que… vous croyez qu'il a pu se passer quelque chose entre Olivia et votre tante ? osa-t-il, le visage benoît.

Vraiment, fallait-il qu'il y ait du saphisme dans cette histoire pour que celle-ci révèle tout son piquant ? Je respirai consciemment par le ventre pour éviter de me laisser aller à enfoncer mon poing dans la gueule toute rose de mon compagnon de table.

— Je ne vois pas ce que ça change, commençai-je, étant entendu qu'il n'existe pas de peinture bisexuelle.

— Pardon, fit Francis Blanche, j'ignorais que je soupais avec un féministe !

Je me surpris en train de ronger l'ongle de mon index, tandis que je voyais les mâchoires de Francis frotter l'une contre l'autre dans un fracas d'émail froissé.

— Et Chim ? demanda Blanche.

— Je sais qu'il est venu plusieurs fois à Lisbonne, puisqu'il y a fait la connaissance de ma tante. Et qu'après, Olivia et lui ont continué à se rendre visite. Comme vous devez le savoir, Olivia a passé plusieurs années à Tanger, puis en Toscane, et même, pendant une courte période, à Addis-Abeba. C'est là-bas qu'elle a commencé sa série en fleurs de coton écrasées. Chim est mort en 1956, vingt ans après leur rencontre, tué par une balle de sniper égyptien. Sur ces vingt ans, Olivia et Chim en ont passé sept ensemble. Pour le reste, je l'ignore.

— Vous ne savez pas ce qui leur est arrivé ?

— Ce qui est arrivé à leur amour ?

— Oui.

— Le sait-on jamais ?

— Il y a des pistes, quand même, des explications.

— Vous êtes marié ?

Francis fit non de la tête, d'un geste défaitiste. Je poursuivis :

— Je suis certain qu'ils sont restés proches, car ils avaient en commun le sens de la loyauté.

Francis se moquait un peu de leur loyauté. Malheureusement, je n'avais rien de mieux à lui offrir. Puis il ouvrit grand la porte de son arsenal :

— Ce qui m'étonne, c'est que vous n'ayez jamais cherché à contacter Olivia Gutierrez. C'est indirectement grâce à elle que vous avez hérité de la valise, n'est-ce pas ?

Nous y étions, au mot « valise », au mot « hérité ».

— Absolument. Elle le sait, je le sais et nous nous en tenons là. C'est un accord tacite.

Je ne savais pas comment expliquer à Francis que parmi tous les passeurs de la valise, aucun n'avait formulé le vœu de la récupérer. Olivia, Chim ou même Capa, qui n'était mort qu'en 1954, avaient eu dix fois, vingt fois l'occasion de s'en enquérir. Ils ne l'ont pas fait. Pourquoi ? La question restait ouverte, et mystérieuse.

Au-dessus de sa tasse de café lyophilisé, Francis me

regardait sans cacher son incompréhension, fouillant mes yeux pour y débusquer un mensonge.

— Le succès d'Olivia la rend lointaine à mes yeux, poursuivis-je. Je n'ai pas osé prendre contact avec elle pour lui parler de la valise, parce que j'ai l'impression qu'aucun des protagonistes qui y était lié n'a très envie d'en parler. Par ailleurs, je reste convaincu qu'elle ne sait rien de particulier sur son contenu.

Francis me regardait toujours. Cela faisait un moment qu'il n'avait pas cillé, me semblait-il. Agacé par sa suspicion de plus en plus transparente, je me fendis d'une petite provocation :

— Et puis il y a des choses qui valent d'être tues, vous ne croyez pas ?

Non, Francis ne le croyait pas. De toute évidence, il appartenait à cette race d'hommes modernes qui répugnent à croire en Dieu, mais chérissent l'idée qu'il existe une seule forme de vérité, une vérité unique et puissante, une vérité, pour ainsi dire, ultime, qui aurait le pouvoir de tout expliquer, a priori, a posteriori. Non seulement il croyait à l'existence de cette forme supérieure de vérité, mais en plus il pensait qu'il revenait à lui, Francis Blanche, d'aller la chercher et de la défendre. Dans ce scénario, j'incarnais l'obstacle entre cette vérité et lui, et l'on comprendra sans mal pourquoi il flottait à notre table le parfum âcre des tribunaux de l'Inquisition.

— Voulez-vous encore du café ? dit alors l'Allemande, surgie d'on ne sait où, mue par son instinct de patronne. Nous acquiesçâmes.

— En tout cas, si Chim lui a fait des confidences,

nous n'en saurons rien car elle refuse de nous parler, m'annonça Francis en brandissant avec agressivité ce « nous » qui, je le supposai, englobait Cornell Capa.

— Vous avez écrit à Olivia ?

Francis sourit, convaincu alors que ma confession était proche. Mais la confession de quoi exactement ? Que j'avais menti pour ma tante ? Que je ne possédais pas la valise ?

— En effet, et elle nous a éconduits très poliment, confirmant toutefois que la valise que nous cherchions se trouvait bien à Mexico.

— Alors vous en savez autant que moi, réussis-je à répondre, mentant pour de vrai cette fois, puisque c'était le rôle qui m'était assigné par mon interlocuteur.

L'image d'Olivia flotta si près de mon visage — col roulé noir, cheveux au carré — que je pus un instant sentir à nouveau sa main posée sur ma tête.

— Nous n'avons pas encore parlé d'argent, tenta maladroitement Francis, à qui le rôle d'extorqueur seyait mal.

L'argent n'avait jamais été un objectif pour moi ; ce n'était pas dans l'accumulation que se logeait mon orgueil, ni d'ailleurs mes angoisses existentielles. Posséder, comme on l'a vu, m'était dans le meilleur des cas pénible.

— Restons-en là pour aujourd'hui, voulez-vous ? dis-je enfin, et devant mon air épuisé, Francis capitula.

Avant de me quitter, il me proposa d'aller voir la peinture que Diego Rivera avait réalisée sur le mur de la maison d'une de ses maîtresses, dans les collines d'Acapulco, car comme tous les gringos Francis était fasciné par l'œuvre de « la grenouille ». J'acceptai par politesse, sachant que je n'irais pas. L'objectif du voyage de Francis était que je lui remette les négatifs, et j'avais décidé, après la soirée, qu'il ne les méritait pas. Peut-être même l'avais-je décidé dès le moment où je l'avais vu se détacher de la foule. Le lendemain, Francis essaya de me joindre mais n'insista pas. Il avait senti, lui aussi, que la possibilité d'un dénouement heureux s'était envolée au-dessus des pizzas allemandes.

Mireille ne m'en voulait pas d'avoir quitté l'exposition sans la prévenir — un petit miracle — et avait renoncé à comprendre ce qui m'agitait tant dans la présence de ce Canadien aux vernissages. Pour une raison que je ne m'expliquais pas, le fait qu'il soit professeur d'histoire de l'art suffisait à la rassurer. Dans le même temps, les retours excellents sur mes *Cauchemars ivres* avaient flatté son orgueil, et c'est de fort bonne humeur que je la trouvai dans la cuisine de l'appartement que nous prêtait son père lors de nos passages, peu fréquents, à Acapulco. Notre retour en voiture à Mexico fut une fête, arrosée d'une pluie de *micheladas.* Quelque part à l'entrée de Coyoacán, dans une nuit mexicaine où brillaient les néons et les paumés, je me suis arrêté sur le parking de Fresh Burritos pour faire rugir Mireille, et la faire rire aussi — elle fit justement les deux —, car quoi de mieux qu'un dîner au fast-food pour célébrer notre succès ? Elle m'accompagna et alla jusqu'à commander un *burrito,* des frites et une margarita, tandis que je me surprenais à penser avec émotion : « C'est ma femme. » Debout, à côté de la voiture, elle me dit « Je t'aime » dans sa robe d'été sage, et il paraissait alors si naturel de me sentir bien avec elle que je me laissai aller à penser que nos problèmes étaient résolus, même si dans ce fleuve de tendresse perçait la souffrance des mois où l'élan nous avait manqué. Cette nuit-là, aucun de nous n'avait envie de croire à la défaite, et je m'endormis, nu sous la climatisation qui venait refroidir mon corps par vagues, chez nous, enfin, comblé du cœur de Mireille et de la présence de la valise qui n'avait pas bougé de mon armoire.

Je croyais me réveiller tard, mais les mots de Francis Blanche sont venus me sortir du lit — ses mots et toutes les bières bues sur la route — alors que le ciel était encore noir. Une envie impétueuse d'entendre la voix d'Olivia me poussa jusqu'à mon ordinateur. Groggy, le visage barré de plis, je trouvai sans difficulté l'un de ses passages à la radio publique qui datait des années 70, une interview d'une heure que quelqu'un avait mise sur YouTube, avec un montage de ses œuvres qui défilaient en même temps que le son.

— Je suis très honoré de faire votre connaissance, commençait le présentateur à la voix vaine. Je ne connaissais que vos peintures. Comment expliquez-vous qu'il y ait si peu de femmes peintres, et encore moins qui aient une certaine influence ? Elles n'ont rien changé, je trouve, pour la plupart.

— Non, répondit poliment Olivia (peut-être parce qu'elle n'attendait rien d'intelligent de son interlocuteur, ou peut-être parce que c'était une autre époque, une époque où il n'était pas surprenant que l'on parle de cette façon-là des femmes). Mais la qualité de leurs peintures est meilleure que la moyenne des hommes.

— Ah, vous croyez ?

— Oui, car les femmes sont plus consciencieuses.

— Vous parlez franchement ? insistait le présentateur.

— Moi, j'ai toujours tout changé autour de moi, poursuivait Olivia. Des croquis, j'en ai toujours fait. Des croquis de ce qui nous entoure. Du réel. C'est ça qui a aidé la peinture moderne à entrer dans la vie. Parce qu'à l'époque, la peinture moderne était une bête noire.

— Malheureusement, vos œuvres sont souvent copiées, et pas toujours bien.

— Pour moi, c'est un compliment. Quand on copie, c'est qu'on manque de l'audace qui consiste à vouloir faire une place dans le monde pour ses idées. Quand on est copiée, c'est qu'on a déjà un peu réussi.

— Vous avez créé un mouvement ?

— Un mouvement, je ne sais pas, mais j'ai des héritiers.

Dans le salon, tout était obscur, à l'exception du carré lumineux de mon ordinateur, qui éclairait mon visage et mes bras nus.

Désirée Wonton

1

Je vivais bien, faste même, au chaud dans ma solitude, douillet dans mon renoncement, quand Désirée est venue me chercher par la peau du cou. Je me consolais alors d'avoir perdu Mireille à coups de copieuses assiettes d'œufs en sauce au petit déjeuner, et de bière, et de mezcal, mais aussi d'errances entre les rayons des bouquinistes, Mexico étant la capitale mondiale des livres d'occasion. Comme celles de beaucoup d'habitants de Coyoacán, mes journées commençaient sur les bancs du marché, une routine simple dans laquelle le souvenir de la rencontre avec Francis Blanche cinq années plus tôt s'effaçait sans disparaître, comme le cul d'une tourterelle dans un palmier. Assis au stand de Gloria, je descendais un bol de chocolat chaud avec une poignée de petits *panes de yuca* au sésame, puis j'enchaînais avec des œufs et des haricots, et parfois même avec un cocktail de *camarón* en lisant le journal. Les broderies sur le tablier de Gloria et sa voix de meneuse de revue suffisaient à combler mes modestes besoins érotiques. L'observer étaler la pâte de haricots sur une tortilla raide, une main en appui sur la hanche, m'assurait que le monde tenait sur son axe. La matinée avançait ainsi, au rythme de Gloria et de ses ordres chuchotés sans tendresse à ses deux filles. Si leurs tabliers étaient tout aussi admirables que celui de leur mère, les jeunes femmes avaient l'air endormi des plants de juteux agaves de la Sierra Norte, qui enflent au soleil, leur *piña* ancrée dans la terre sablonneuse, et à cause de cela je les trouvais beaucoup moins séduisantes. Pour distraire Gloria, je racontais les histoires entendues, la veille, dans le bar de L'Invencible où j'avais pris l'habitude de passer mes après-midi les derniers temps de mon mariage. Gloria souriait alors, de son sourire triste et futé. Elle ne disait jamais rien d'autre que « Ah bon », « Tu m'en diras tant » et, dans le meilleur des cas, « C'est pas vrai ». Il m'arrivait quand même de travailler une dizaine de jours par mois au montage de documentaires pour la télévision. Quand j'avais récolté la somme dont j'estimais avoir besoin pour vivre jusqu'à la fin du mois, je m'arrêtais là. On peut dire qu'à l'époque j'avais renoncé à toute forme de production artistique, et je me plaisais dans cet état de veille dont je ne savais pas s'il allait se terminer un jour, et cela ne m'inquiétait pas autant que je l'aurais cru.

Chaque soir, alors que le soleil déclinait derrière les stands et que les marchands de *tlayudas* rangeaient leurs toiles cirées, je prenais le chemin de L'Invencible. Là-bas, j'étais connu comme Luca, l'intellectuel aux airs de gringo qui aimait ses *micheladas* bien pimentées, comme dans l'État du Guerrero. Jorge, le patron, un homme d'une soixantaine d'années, dont la gueule de paysan ne trahissait pas son sens du service raffiné, baissait la musique quand les mariachis arrivaient. Souvent, ça finissait en chorale, le ventre contre le bar en bois, la guitare accompagnée des rires profonds d'hommes qui résonnaient contre le haut plafond peint en jaune comme des hurlements de coyotes dans la steppe. Catharsis contre la misère de nos journées répétitives, contre les humiliations sociales, contre toutes ces choses que l'on attend et qui n'arrivent pas, celles que l'on n'attend plus aussi, et qu'on pense avoir oubliées, mais qu'on porte quand même en soi, et qui cisèlent notre écorce, L'Invencible remplissait tous nos vides, il avait ce pouvoir-là. C'était le projet du lieu, et il n'avait rien de modeste : donner consistance au présent. Sur le carrelage, il se jouait certains soirs des scènes bibliques où aux tables renversées, aux lames sorties, aux dieux insultés succédaient l'effusion des embrassades à genoux sur le sol, puis le moment de se relever ensemble, les cheveux froissés et la dignité intacte, pour continuer à chanter des ballades dans lesquelles revenaient en boucle la ville de Veracruz et le thème de l'amour en fuite. Plus tard, j'emmènerais Désirée à L'Invencible. Ils l'aimeraient, comme des faucons peuvent aimer un mulot ; ils lui embrasseraient les mains, ils lui donneraient du *señora*, ils iraient chercher le meilleur mariachi du marché et la vieille Indienne qui vendait ses fleurs par bouquets de dix pesos. Et je m'attristerais que Désirée ne puisse pas, comme un homme, faire l'expérience de ce lieu sans traitement de faveur, car il est malaisé d'observer quand on est soi-même l'objet de toutes les attentions.

Je peux dire avec le recul qu'à cette époque je vivais dans une solitude quasi monacale. Gloria et mes compagnons de L'Invencible constituaient la totalité de mes interactions sociales, mais il y avait entre nous plus d'habitude que d'intimité. Seul dans les rues, j'observais les autres, en groupes, rire et célébrer des choses dont j'étais exclu, et je regrettais de ne pas avoir comme eux l'opportunité de rire et de trinquer au plaisir d'être en vie. À L'Invencible, nous trinquions plutôt au plaisir de ne pas être morts, et notre énergie n'avait rien à voir avec celle des vendredis soir mondains que je décris ici. Mais dans l'ensemble, la solitude me convenait. Je m'y étais habitué vite, et je redoutais de la rompre avec des engagements nouveaux. J'avais du temps pour observer le monde et sentais monter en moi, comme une sève tardive, le sentiment de lui appartenir. J'avais du plaisir à voir la vieille en bas de chez moi ouvrir la mini-épicerie qu'elle tenait depuis son salon, au rez-de-chaussée, en compagnie de son caniche ; à écouter les deux antiquaires occupés à boire leur café sur le trottoir, dans leurs fauteuils en velours mauve, entre deux commodes en noyer ; à regarder jouer la portée de quatre chatons qui couraient sous la fenêtre de ma cuisine tandis que leur mère, épuisée, multipliait les allers-retours pour tenter de les nourrir autant que de les protéger ; à expliquer à l'araignée qui s'obstinait à tisser sa toile dans ma douche qu'un jour j'allais la tuer par inadvertance, qu'il valait mieux qu'elle se contente du plafond (après quoi, elle obtempérait et remontait gracieusement sur son fil jusqu'au sommet, comme un rappel inversé) ; à saluer chaque matin la tourterelle qui s'ébrouait sur la gouttière à côté de ma chambre. Je n'étais peut-être le mari de personne, mais j'étais là, et même, j'étais ce que je voyais.

Greta me manquait tous les jours. J'aurais aimé croire, comme les anciens dans notre famille, à la porosité entre la vie et la mort: que les morts vivent parmi nous, qu'ils ne nous abandonnent pas. D'une certaine façon, Greta ne m'avait pas lâché puisque chaque décision prise depuis sa disparition, jusqu'à la plus petite, la plus dérisoire — emporter en promenade mon livre de Carlos Fuentes ou de Boulgakov, dormir les volets fermés ou ouverts, me raser aujourd'hui ou attendre demain —, l'était à l'aune de ce que j'imaginais qu'elle aurait dit ou voulu. Alors, je pensais avec rancœur aux négatifs, qui s'obstinaient à être là, intacts dans leur enveloppe jaune. Je leur en voulais d'accuser, de leur présence docile dans mes piles de draps bien repassés, le vide laissé par ma cousine, qui vaquait dans le monde sous une forme désormais inaccessible. La fonction de gardien impliquait autant de les protéger que de les dissimuler et il me venait parfois à l'esprit que mon exceptionnelle longévité au regard des générations précédentes leur faisait indirectement du mal. Toutefois, endosser la responsabilité de cette nuisance me paraissait plus accessible que la vertigineuse tâche qui aurait consisté à réparer activement, à essayer de faire le bien. Adolescent, j'avais une fois — une seule — brillé en dissertation de philosophie sur le sujet « Les faits sont faits ». Il me semblait que c'était là le signe prémonitoire de ce autour de quoi allait tourner mon existence. Les faits sont faits. Une fois, ou peut-être même deux, je cherchai le numéro de Francis Blanche, ayant pour objectif lointain de le rappeler. Avant la fin de la semaine, je me disais. Non, dimanche matin : il sera sûrement chez lui. Ou plutôt en début de semaine, à son bureau. J'avais tout à coup le souci d'apparaître professionnel, ce qui dans le contexte était absurde. Y avait-il en effet dans ma vie sujet plus intime que la valise ? Mais dans mon appartement en désordre, les recherches de sa carte de visite se révélaient infructueuses et cet obstacle mineur suffisait à faire s'effondrer mon désir de le joindre.

2

Un matin qui ressemblait à tous les autres, à en croire le ciel bleu strié de traces blanches et duveteuses qui surplombait le quartier de Coyoacán, je me suis rendu à pied au marché après avoir acheté au kiosque voisin de mon immeuble la moisson de journaux du jour — *El Sol*, *El Mundo* et, parce que nous étions vendredi, *El Chiquito* et son supplément week-end, que j'affectionnais particulièrement. C'est dans les pages « Art et culture » de ce dernier que, une fois assis chez Gloria, sur le tabouret habituel, devant ma pile de *panes de yuca* et mon bol fumant, je fus attiré par un gros titre, efficace comme un hameçon : « Tout ce que vous peignez peut être retenu contre vous. » Quand je compris de quelle artiste il était question, cette double page me parut tout d'un coup immense et je ne pus retenir une quinte de toux. Gloria leva un sourcil et, sans dire un mot, posa devant moi un verre d'eau. Je la remerciai d'un sourire, mais elle était déjà retournée à son poste d'observation, fesses contre le comptoir, bras coincés entre sa poitrine et son ventre, regard de biais sur les allées du marché, et je pus ainsi me ruer sur le contenu de l'interview d'Olivia Gutierrez. Une rétrospective de la peintre mexicaine sans doute la plus célèbre dans notre pays depuis Frida Kahlo devait commencer à Paris la semaine suivante, à l'occasion de ses quatre-vingt-dix-neuf ans. « Je vais avoir l'impression assez confortable d'être dans mon cercueil avec un périscope », commentait Olivia avec une vitalité surnaturelle. J'appris en lisant ces deux pages qu'elle avait récemment emménagé à Lisbonne, « pour y mourir », disait-elle, et qu'en vue de ce déménagement, elle avait détruit plus de deux cents de ses toiles, ce qui avait fait frémir les gens dont le métier consiste à noter et à vendre de l'art, et ceux aussi dont le métier consiste à l'exposer et à le commenter. « Revoir certains tableaux peut être aussi ridicule que de relire de vieilles lettres d'amour », affirmait Olivia à la personne chargée d'écrire son portrait, et je me surpris à me demander avec chagrin si Olivia faisait allusion à des lettres que Chim lui aurait envoyées, puis dans le même mouvement à me convaincre qu'elle ne pouvait pas évoquer avec ironie quoi que ce soit qui eût à voir avec Chim.

La double page du supplément du *Chiquito* était illustrée par des photos d'Olivia jeune, confirmant ainsi qu'au début des années 2000 la vue d'une femme âgée restait un tabou infranchissable pour la presse. Je souris en pensant que si Olivia mettait la main sur cet exemplaire, elle n'hésiterait pas à écrire personnellement au rédacteur en chef pour s'en plaindre. L'article rappelait à juste titre qu'à la fin des années 40, Olivia avait été l'une des fondatrices du mouvement TIGRE, acronyme pour Tanger-Istanbul-Grenade, avec trois autres peintres : la Marocaine Lala Hfraoui, la Turque Ipek Yüksel et l'Espagnole Assoun Muñoz. Olivia résidait alors à Tanger et, avec son amie Lala, elles avaient eu l'idée de lancer ce mouvement artistique et féministe, dont Olivia serait la membre la plus influente et la plus pérenne (les deux allaient souvent de pair), les trois autres ayant malheureusement cessé leurs activités assez vite, et ce pour des raisons à la fois personnelles et semblables, car on imagine tout le bien que le milieu machiste de la peinture avait pensé de la réunion ainsi proclamée de deux musulmanes et de deux prorépublicaines. S'il fut de courte durée, Olivia ne cessa à travers les décennies de rendre hommage à TIGRE et à l'influence que le mouvement avait eue sur son travail, en particulier à travers les motifs de monstres, de volcans et d'animaux fantastiques que les peintres avaient choisi ensemble de représenter. « En réalité, j'ai travaillé pour certains yeux qui ne sont plus là », disait Olivia dans l'une des dernières citations que le papier rapportait d'elle, et cette phrase me transporta, car alors j'étais sûr qu'elle pensait à Chim, et aussi à ma tante Maria.

Je savais avant de lire cet article consacré à sa rétrospective parisienne qu'Olivia était encore en vie — ou plutôt, je savais qu'elle n'était pas morte, ce qui n'était pas tout à fait la même chose. D'une certaine façon, je prenais sa présence dans le monde pour acquise, me protégeant ainsi du sentiment de devoir agir vis-à-vis de la valise. J'interprétais son silence comme une bénédiction pour continuer à me taire. Puisque Olivia, qui avait eu un rôle si actif dans sa transmission, n'avait jamais parlé de la valise, ni ne l'avait même évoquée dans l'un de ses tableaux — en tout cas pas à ma connaissance —, pourquoi aurait-ce été à moi, le dernier maillon, de la faire remonter à la surface ? Malgré sa vitalité, que j'ai déjà évoquée, réaliser qu'Olivia avait atteint cet âge extrême, à l'avant-poste de la longue nuit qui nous attend tous, me sortit du bain tiède où je pataugeais avec contentement jusqu'ici comme un vieux crocodile, et je recommençai à faire le rêve de Cornell Capa et de la boîte aux lettres. Cette fois-ci, je rêvai aussi de Francis Blanche, qui m'apparaissait sur un quai de gare désert, l'air interrogateur. La lecture de cet article et peut-être plus encore le fait de revoir le visage d'Olivia en photo me poussèrent à l'action. Une action lente, indirecte, mais une action quand même : celle de l'écriture. En rentrant du marché, je pris mon plus beau stylo à encre et m'attaquai à la rédaction d'une note, que je dus commencer plusieurs fois.

Madame,

Chère Madame,

Madame Gutierrez,

Je regardai le plafond et inspirai avec emphase.

Chère Olivia,

Vous le savez sans doute : par l'intermédiaire de votre amie Maria, ma tante, puis de sa fille, ma cousine Greta, je suis devenu le propriétaire…

Je regardai à nouveau le plafond dans le blanc de l'œil et me ressaisis. Je n'allais quand même pas écrire un courrier de notaire à une surréaliste.

Chère Olivia,

Parfois, quand je me réveille la nuit, je sens encore votre main posée sur ma tête. À travers elle, quelque chose de votre énergie ardente est resté coincé à l'intérieur de mon crâne d'enfant.

Je souhaiterais, bien tardivement, m'entretenir avec vous de la valise, puisque nous sommes, je crois, les deux seules personnes à en connaître la trajectoire. J'ai été approché récemment par des conservateurs américains et n'ai pas su vraiment quoi leur dire. Peut-être serez-vous de bon conseil.

Votre discrétion sur le sujet me laisse penser que vous avez des raisons de ne pas vouloir en parler publiquement, mais si toutefois vous acceptiez de me voir, je serais ravi de prendre date. M'enhardissant seul face à la page de moins en moins blanche, je lui proposai de venir la rencontrer à Paris ou à Lisbonne. Ces villes ne me paraissaient plus si lointaines désormais que la possibilité de discuter avec Olivia se dessinait nettement devant moi. Sans rien résoudre — je croyais à ce que j'avais dit à Francis Blanche : Olivia ne détenait pas d'informations déterminantes —, cette rencontre ouvrait une voie nouvelle, celle d'entendre parler de ma tante Maria par quelqu'un d'extérieur à la famille, qui l'avait connue non seulement enfant, mais aussi à Lisbonne. Autant et sans doute plus que les autres nonagénaires, Olivia couvait un merveilleux savoir, et si certaines anecdotes lui semblaient peut-être évidentes ou banales, elles prendraient pour moi une tout autre dimension. J'envoyai la missive à l'adresse du musée parisien qui accueillait l'exposition d'Olivia et retournai à ma modeste routine en m'efforçant d'attendre avec calme.

Deux semaines plus tard, alors que le ciel s'étirait au-dessus des toits jaunes de Coyoacán dans un bleu des plus réjouissants, je trouvai dans ma boîte aux lettres (une belle boîte en bois foncé avec trois trous dans lesquels je mettais quotidiennement les doigts pour vérifier, sans l'ouvrir, si j'avais ou non du courrier) une enveloppe de petite taille, au papier lisse et légèrement orangé, sur laquelle était calligraphié mon nom dans une encre noire et profonde, qui donnait à l'objet un caractère presque dramatique. Je l'ouvris et dépliai les deux feuillets, fins comme du papier bible, sur lesquels apparaissait ce même style calligraphique, quoique de taille plus réduite que sur l'enveloppe, avec des boucles moins somptueuses. *Cher Monsieur — l'idée de vous appeler Monsieur alors que j'ai encore en mémoire votre visage de petit garçon de sept ans me ferait trembler si je ne tremblais pas déjà en permanence ; mais je vous rassure, je ne vous écris pas pour vous exposer la liste des doléances que mon âge m'oblige à tenir. Vieillir offre aussi, et c'est son grand mérite, le luxe du temps et ainsi, pour les plus chanceux, celui des retrouvailles. Je n'étais pas certaine que la valise soit arrivée entre vos mains, c'est pourquoi je suis restée vague avec nos amis new-yorkais. C'est aussi, comme vous l'avez deviné, par loyauté envers une promesse que j'ai gardé pour moi le peu que je sais de cette histoire. Toutefois, puisque vous en êtes l'actuel dépositaire, je vous en dirai volontiers quelques mots, si tant est que vous puissiez vous déplacer jusqu'à Lisbonne. La maison est grande, je ferai préparer un lit. Dites-moi seulement à quelle date vous entendez arriver pour que j'arrange de vous faire chercher à l'aéroport (j'imagine que vous viendrez en avion ?). Si vous avez des photographies de Maria et de sa fille, je vous prie de bien vouloir les apporter avec vous, il me ferait grand plaisir de les voir. Chaleureusement, Olivia Gutierrez.*

Le « z » final ressemblait à celui de Zorro. « La maison est grande », disait-elle. La promesse de cette chambre d'invité, préparée à mon intention dans une villa que j'imaginais décorée à la mexicaine et où j'aurai le bonheur de voir la collection personnelle d'Olivia en compagnie de l'artiste (je nous voyais déjà déambulant le long des couloirs frais puis buvant du café sur une terrasse surplombant la ville) me poussa, fait inhabituel, à me jeter sur mon ordinateur où j'achetai aussitôt un aller-retour pour Lisbonne avec escale à Madrid pour le 15 du mois suivant, calculant qu'ainsi Olivia aurait terminé ses obligations parisiennes et serait installée dans sa nouvelle demeure. Le lendemain, je postai une courte lettre de remerciement à la peintre, lui indiquant que je venais de réserver deux billets d'avion et que j'arriverais le 15. Puisqu'elle m'avait généreusement proposé de venir, je n'attendais pas spécialement d'Olivia une réponse mais quand, trois semaines après mon deuxième envoi, mes doigts continuaient de taper le fond du caisson vide de la boîte aux lettres, une inquiétude flottante commença à naître en moi, qui n'avais pas l'habitude de faire seul des voyages si longs.

Huit jours avant la date de mon départ pour Lisbonne, je reçus un matin un e-mail d'une certaine Lupita Perez. Confusément, je compris avant de l'ouvrir de quoi il retournait. Lupita Perez était l'assistante d'Olivia ; elle savait que je devais lui rendre visite très prochainement, c'est pourquoi elle s'empressait de me communiquer la mauvaise nouvelle : Olivia était morte à l'aube « face à l'océan et au Mexique ». Lupita Perez se chargerait des questions logistiques de mon séjour si je désirais le maintenir, auquel cas elle m'invitait à lui envoyer mon horaire d'arrivée. Ainsi, Olivia n'avait pas attendu son centième anniversaire pour s'en aller. J'étais désormais seul, absolument seul, avec la valise. Je répondis à Lupita Perez que je ne tenais pas à la déranger dans ce moment difficile ; je lui adressai mes profondes condoléances et me résignai à ne pas voir Lisbonne, traînant d'un pas lourd le reste de la journée dans les rayons de mon bouquiniste favori, activité qui avait en de nombreuses occasions agi comme un baume apaisant sur mon âme inquiète. Le lendemain, les journaux nationaux firent honneur à leur citoyenne et je pris le temps de les lire tous, pour éponger ma tristesse à l'encre de la presse. Ils insistaient sur le fait qu'Olivia n'était jamais rentrée vivre au Mexique depuis son départ en 1936 pour les fronts de la guerre d'Espagne, à l'âge de vingt-cinq ans, comme si cela amenuisait sa mexicanité. Il me semblait que c'était plutôt le contraire qui s'était produit : Olivia avait été une émissaire, une ambassadrice pour le Mexique, bien qu'elle n'eût probablement pas aimé ces deux mots. Elle l'avait élevé par la force de ses peintures au-dessus de la corruption, des morts violentes et de toute la poussière qui, dans notre pays, rouille le moteur du progressisme. L'évocation de la guerre d'Espagne me fit l'effet d'un petit coup de marteau sur le cœur, et je me surpris à espérer que Francis avait eu tort au sujet d'Olivia, et que j'avais raison — qu'elle avait gardé pour Chim, par amour pour lui et pour son travail, un silence discret, sans pour autant rien dissimuler.

3

Cajun par sa mère, chinoise par son père, Désirée Wonton était une photographe américaine de quarante-six ans qui vivait entre New York et Mexico quand je la rencontrai pour la première fois. Elle avait consacré le début de sa carrière à réaliser des portraits de malades du sida dans des hôtels du Bronx et, grâce à ce travail, avait récolté une notoriété précoce. C'est en tout cas ce que j'appris en cherchant son nom sur Internet, pour voir à qui j'avais affaire, et aussi pour voir à quoi elle ressemblait après notre premier échange par téléphone. Car Désirée m'appela un mardi sur mon téléphone fixe, en fin de matinée, quelques semaines seulement après l'annonce de la mort d'Olivia. Nous avions un ami commun, il lui avait donné mon numéro. Désirée prétendait s'intéresser à mes films et vouloir écrire à ce sujet dans un journal spécialisé. Je ne comprenais pas où ils avaient été projetés récemment ; à Mexico, j'en aurais été alerté, d'une façon ou d'une autre, mais sa voix grave m'avait convaincu que Désirée devait être une femme séduisante, et c'est pourquoi j'acceptai de déjeuner avec elle.

J'ai donné rendez-vous à Désirée dans l'un des restaurants historiques du centre-ville que je fréquentais souvent, ma timidité me poussant à favoriser les endroits où la lumière n'aplatissait pas tout car il n'y a rien de plus impressionnant que l'absence d'ombres pour un timide. J'aimais le Tercer Mundo presque autant que L'Invencible. Même quand, vers quinze heures, on se serrait devant les nappes, les serveurs ne couraient jamais ; les clients ne râlaient jamais ; les enfants ne pleuraient jamais. Les plats servis reflétaient cette régularité : les *enchiladas* au fromage débordaient avec constance de l'assiette, la sauce tomate encore bouillante sous l'épaisse couche de crêpes, et pas un jour ne sortait des cuisines une assiette moins chaude, moins bien garnie, moins frétillante. Les banquettes massives en bois foncé formaient autant d'alcôves qui, je l'espérais, donneraient à cette rencontre une tournure intimiste. Désirée arriva cinq minutes après l'heure fixée et marcha vers moi après avoir hésité avec les autres tables où deux hommes seuls se trouvaient. Le premier était occupé à avaler un hachis parmentier et le second n'avait pas l'air d'attendre, mais plutôt d'écrire un poème dans sa tête, se maudissant de ne pas avoir de papier. Avec raison, Désirée m'élut comme la personne avec qui elle avait rendez-vous. « Vous êtes bien Luca ? » dit-elle en scrutant les lieux, l'air de juger et d'apprécier. J'avais sous-estimé la présence de miroirs au Tercer Mundo, incrustés dans les meubles, et dans les plafonds, et semblait-il jusque sur le dos des fourchettes. Je me réfugiai dans les plis de la nappe rouge, les mains en appui sur le siège, pour me donner une contenance. L'absence de cou chez Désirée était compensée par sa façon de ne jamais se dérober à son interlocuteur, de ne jamais regarder vers le bas ou sur les côtés. Désirée n'avait pas peur des gens, elle s'en emparait, et je fus séduit en quelques minutes par sa curiosité féroce.

— Quelle chance d'être né à Mexico, d'avoir grandi ici, me flattait-elle. Vous n'êtes jamais parti ? Vous n'avez jamais eu envie de partir ?

— J'aurais pu… mon père est américain, avançai-je, alors que je ne parlais jamais de mon père, cherchant vainement à souligner un point commun avec mon interlocutrice venue du Nord.

— Ah d'accord, vous êtes à moitié yankee, alors !

Qu'est-ce que cette femme était plaisante, son regard allumé dans le bon sens du terme, et ce pouvoir de venir gratter avec ses mots à l'intérieur de moi, là où tout est friable.

— Je me sens, enfin… je ne pourrais pas être plus mexicain.

— Si je vous avais croisé dans le métro, je vous aurais pris pour un Français !

— Ah ? Et c'est une bonne chose, j'espère ?

Elle plissait les yeux. Je regrettais de m'être avancé. Elle était le chat, j'étais la pelote de laine, et aucune repartie ne me doterait de griffes, ni ne lui retirerait les siennes.

— C'est la première fois qu'on vous dit que vous ressemblez à un Français ?

Elle rit. Je ris en retour. Je ne pouvais pas me livrer au jeu des devinettes sans avoir l'air d'un lourdaud incivil, et ce bien que dans la terminologie nord-américaine je puisse cocher la case « hispanique ». Il était évident, dans un premier temps, que Désirée était noire, mais il m'apparaissait qu'elle était également d'ailleurs, et cet ailleurs, s'il était confirmé, aurait pu tout aussi bien balayer ce qui semblait si évident au départ, mais je préférais mourir sans savoir plutôt que commettre une bévue dans ce rayon-là, le rayon que les Anglo-Saxons qualifient de « micro-agression ».

— Du moment que vous vous lavez plus souvent qu'un Français, tout va bien, ajouta Désirée, riant toujours.

J'avais envie de me rouler dans l'herbe, de sauter dans l'eau froide. Cette femme me faisait rire, mieux : cette femme me mettait à l'aise. Déjeuner avec Désirée Wonton revenait à nager dans une chanson de Billie Holiday — l'une de ses chansons les plus tendres, bien sûr, pas celles qui donnent envie de se jeter du haut d'un pont —, mais acculé comme on peut l'être dans les conversations les plus excitantes, je m'accrochai soudain à Greta (dont je ne parlais pas tellement plus souvent que de mon père — et pendant un court instant j'eus la présence d'esprit de trouver cette coïncidence bizarre).

— Je ne sais pas pourquoi, j'ai toujours eu une grande loyauté envers ce pays que ma cousine appelait « le pays des ravins ». C'est étrange de parler de loyauté, n'est-ce pas ? Mais le Mexique a le pouvoir de vous faire sentir redevable. C'est en tout cas comme ça que je vois les choses.

Je vis ses yeux briller et je crus que Désirée, elle aussi, se sentait redevable à l'égard du Mexique, pays qu'elle avait choisi pour des raisons qui, alors, ne m'étaient pas accessibles, mais elle dit :

— Votre cousine…

— Ma cousine, oui.

— Greta ? Greta Ortega ?

Elle avait prononcé ce nom avec un ton si cérémonieux que mon sang se mua en paillettes. Cela faisait très longtemps que je n'avais pas entendu quelqu'un prononcer le nom de Greta avec une telle déférence, celle qui rend timides les gens qui, comme Désirée, ne le sont pas.

— Elle était orpheline, c'est ça ?

J'acquiesçai.

— Vous avez grandi avec elle ?

— Non… mais nous étions très proches. Malgré nos douze ans d'écart, je veux dire.

Alors qu'un vent de tristesse envahissait le Tercer

Mundo, notre table rouge entourée de miroirs et les assiettes encore pleines, j'entendis la voix de Greta surgir : « Elle te *branche*, Jamón ! »

Je me redressai.

— Vous vous sentez bien ? me dit Désirée, puis avec délicatesse : Je suis désolée, on peut parler d'autre chose si vous voulez, j'étais simplement curieuse. C'est une actrice qui m'a toujours fascinée.

Procédant par petits pas, Désirée avait le tact de tester si la terre était ferme avant de continuer à avancer.

— Ça me fait du bien de l'entendre, dis-je tout en levant l'index en direction du serveur pour commander une deuxième *michelada*.

Encouragé par le geste, comme si l'alcool faisait d'une certaine façon déjà effet, je poursuivis :

— Vous savez, les gens disent parfois : « C'était il y a longtemps » pour dire « N'y pensons plus », pour dire « C'est derrière moi ». Je n'ai jamais compris cette phrase, « C'était il y a longtemps ». Ça va faire trente ans que Greta est morte dans cet accident de voiture et c'est comme si plus le temps passait, plus je la sentais tapie sous mon épiderme.

Désirée accueillit cette confidence la tête sur un poing, avec l'empathie de circonstance.

— Vivre à ses côtés a dû être très intense.

Le serveur posa devant moi la bière demandée, et je laissai un instant s'installer le bruit léger des bulles qui éclataient à la surface du verre.

— Elle disait que ma vie manquait de poivre. Qu'est-ce qu'elle dirait aujourd'hui ?

— C'est elle qui vous a transmis la valise, n'est-ce pas ?

Désirée avait appris la légende de la valise mexicaine, et mes liens avec elle, par un professeur de son ancienne faculté, Francis Blanche. J'eus à peine le temps de me remettre de la solennité voluptueuse avec laquelle elle avait prononcé le mot « légende » que je butai sur le nom de Francis Blanche, comme on se cogne un orteil contre un coin de meuble. Je me trouvais donc dans un guet-apens orchestré par Cornell Capa. Plus tard, Désirée m'expliquerait que la mort d'Olivia avait décidé Cornell et Francis à « relancer la machine » — ce furent ses mots exacts —, faisant de leur côté, et à leur façon, le même raisonnement que moi. Mais que s'imaginaient-ils, qu'il suffisait de m'envoyer un émissaire du sexe féminin pour me corrompre, me rouler, me faire fondre ? Je ne me laisserais pas faire, pensai-je. Je serais séduit et inflexible. Séduit et intraitable. Je serais ferme, je serais un caillou.

— Où se trouve-t-elle, alors, cette valise ? demanda Désirée avec la décontraction d'un inspecteur de police — ce qui ne la rendait pas moins attirante à mes yeux.

— Où voulez-vous qu'elle se trouve ? Chez moi, bien sûr.

— Parfait ! Nous irons la voir après le repas, alors, qu'en dites-vous ?

Et la chose fut entendue.

Au cours du déjeuner, Désirée mangea avec un appétit de reine, comme affamée à la perspective d'approcher du but, aiguisant mon intérêt pour elle car, outre les femmes qui parlent avec assurance et ont un penchant pour les sophismes, je suis très sensible aux femmes qui aiment manger. Bon cuisinier, j'anticipe que cette qualité sera plus appréciée chez quelqu'un pour qui le moment du repas est une fête ; et puis, l'expérience m'a prouvé que cet appétit était la promesse d'autres appétits, tout aussi fédérateurs.

Comme si c'était la chose la plus naturelle au monde, j'emmenai Désirée chez moi, l'après-midi même de notre première rencontre, étonné par la facilité de la manœuvre qui pouvait prendre d'habitude jusqu'à plusieurs semaines d'efforts. C'était sous-estimer Désirée qui, parvenue à l'âge honorable de quarante-six ans sans mari ni famille, savait exprimer ses volontés dans le domaine du désir avec la netteté d'un hachoir. Ce qu'elle voulait voir, c'était la valise et rien d'autre. Après une dizaine de stations de métro jusqu'à mon quartier de Coyoacán, puis un court trajet en taxi car il semblait que nous étions pressés, elle entra dans mon immeuble d'un pas martial qui précipita mes derniers espoirs dans la grande fosse aux rêves éteints, celle qui, au fil des années, a pris une place de plus en plus importante à l'arrière de ma tête. Parvenu en haut des marches irrégulières, j'ouvris la porte. Sur le palier, une collection de plantes grasses prenait la poussière. Désirée marchait derrière moi. Je n'avais pas besoin de la voir pour l'imaginer découvrant mes effets avec une consternation muette : un aquarium dans lequel un poisson japonais tournait avec lenteur dans une eau verte ; une collection de sabres accrochés sur le mur opposé à la bibliothèque ; une rangée de livres sur les samouraïs ; des vêtements éparpillés sur les chaises ; une table à repasser sur laquelle étaient posées une bouteille de mezcal et une bouteille de gin. Mon appartement était grignoté par des couloirs que j'avais d'abord aimés pour leur parquet sombre. En la présence de Désirée, je les trouvai « lugubres », un mot que Mireille avait souvent utilisé pour les décrire. Désirée ne fit pourtant signe d'aucune raideur alors que nous cheminions jusqu'à ma chambre : elle n'était pas venue pour faire une inspection de mon mobilier mais pour voir la valise. Elle ne pensait qu'à la valise, semblait-il.

Je sortis les trois boîtes jaunes de mon armoire, longues et plates comme des jeux de backgammon. Désirée les frôla du bout des doigts comme s'il s'agissait de la tête d'un nouveau-né. Je les étalai sur mon lit, à un mètre de l'armoire, et l'invitai à les ouvrir une par une. Cela faisait longtemps que je n'avais pas touché aux boîtes. Je n'aurais su dire à quelle fréquence je les sortais de leur abri : une fois par an, peut-être ? Il arrivait qu'une journée grise me garde à la maison, et qu'à force de tourner entre les murs je me retrouve face à l'armoire et soulève le couvercle de l'une d'elles, pour vérifier que les négatifs n'avaient pas disparu. C'était à peu près tout. Mon grand secret ne venait accompagné d'aucun rituel. « J'imaginais une valise, avec des poignées de négatifs jetées en désordre au fond », murmura Désirée. Elle découvrait ce que j'avais découvert près de trente ans plus tôt : des milliers de négatifs tenaient dans une enveloppe de taille moyenne. Plus tard, on s'extasierait sur le mystère de la

« valise mexicaine » quand il aurait fallu, par souci d'exactitude, parler d'enveloppe mexicaine, ou, à la rigueur, de boîte mexicaine. J'indiquai à Désirée que les clichés avaient bien été transportés dans une valise, mais que celle-ci me servait désormais de table de nuit. « Vous les avez sortis de la valise ? » demanda Désirée avec cette sévérité que je commençais à lui connaître. Je haussai les épaules et proposai de préparer deux gin tonic, pour m'occuper les mains et sortir de cette chambre où, avec Désirée assise sur mon lit et les négatifs à l'air libre, je me sentais étouffer.

Quand je revins avec les deux verres, Désirée tenait, pincée entre le pouce et l'index, une planche-contact, devant la lampe de chevet qu'elle avait allumée pendant mon absence. Sur cette série de quatre, Gerda Taro faisait des moues joyeuses qui ne l'enlaidissaient pas. La complicité de la photographe envers celui qui tenait l'objectif laissait penser que Robert Capa en était l'auteur. J'apprendrais plus tard que ce n'était pas le cas. Gerda portait les sourcils à la mode de sa génération, fins et dessinés au crayon. « J'ignorais qu'il y avait des photos personnelles aussi », souffla Désirée sans se tourner vers moi, plaçant devant la source de lumière artificielle un autre échantillon sur lequel on pouvait voir Gerda Taro, mêmes cheveux courts, même visage gracile, dormir dans un lit baigné de soleil. À ce moment, je croyais encore qu'il s'agissait de pauses entre deux épisodes sur le front espagnol. Je devais apprendre plus tard que Capa avait ajouté ces séries dans la valise après être revenu d'Espagne sans Taro, comme un testament de leur vie à deux. Elles constituaient les seules prises de vue personnelles de tout le lot pour la simple raison que Chim, Capa et Taro n'avaient pas les moyens de s'offrir des pellicules de loisir ; le matériel coûtait cher, et la priorité allait au travail. « Savez-vous combien de négatifs s'y trouvent ? » demanda Désirée, l'œil sur la Taro en tenue de nuit, que son pouce dissimulait à moitié. Je répondis par la négative. « Ce serait difficile d'être catégorique avant d'avoir fait un inventaire en règle, poursuivit-elle, impressionnée. À vue d'œil, je serais incapable de dire s'il y en a mille ou dix mille. N'est-ce pas ? » Cette fois, je hochai la tête, soulagé de pouvoir acquiescer à quelque chose. « Qui a fait cette classification, selon vous ? Ça a dû prendre des heures à celui qui s'en est occupé », babillait-elle, le débit plus rapide, la langue plus prompte à écraser certaines syllabes. Le gin faisait effet sur moi aussi, et je m'entendis accélérer comme dans une côte à vélo. « D'après ce que je sais, il s'agirait de Chim. » Chim avait fabriqué à la main ces écrins de bois léger. Chim avait découpé des planchettes pour former à l'intérieur de chaque boîte une série de compartiments de taille égale qui abritaient les rouleaux de chaque bande de négatifs. Ils étaient numérotés au feutre noir, d'une écriture régulière, que l'on retrouvait sur les planches-contacts glissées dans une enveloppe jaune. « Si vous voulez mon avis, Désirée, personne n'a prononcé le mot “pacte”, mais Capa et Chim se sont entendus pour mettre à l'abri leurs négatifs dans l'hypothèse où ils ne survivraient pas. Il me semble improbable que Chim ait eu le temps et les moyens techniques de faire ce classement sur la route depuis le sud de la France jusqu'au Portugal. Par ailleurs, nous savons qu'il n'est pas remonté à Paris avant de partir pour le Mexique, qu'il a laissé ses effets intacts dans son studio après que deux de ses amis se sont fait arrêter.

— Peut-être même qu'Olivia l'a aidé, dit Désirée en me regardant sans ciller.

— C'est possible, dis-je, sentant mon assurance se faner. Tout est possible. »

Désirée me demanda si j'accepterais qu'elle repasse plus tard dans la semaine pour commencer l'inventaire. Je répondis qu'elle était bien sûr la bienvenue. C'est ainsi qu'elle vint chez moi en fin de matinée, trois fois par semaine pendant un mois, pour compter les négatifs, vérifier qu'à chaque rouleau correspondait une planche-contact, et écrire un document récapitulant les lieux, les numéros et ce que représentaient les clichés. Pendant sa première session, je restai dans les environs du salon où Désirée s'était installée pour son laborieux travail, sans savoir comment l'aider. Puis je pris l'habitude de la laisser seule et de profiter de ses visites pour sortir marcher, ou faire des courses. Je m'enfermais ensuite dans la cuisine avec la radio pour lui préparer un déjeuner qui mettait fin à son labeur, espérant que mes atouts domestiques parviendraient à la séduire. Le temps pressait car plus Désirée avançait dans son inventaire, plus nous nous approchions du moment où les négatifs quitteraient leur domicile — j'allais dire leur cachette.

Je prenais pourtant un plaisir confus à observer Désirée donner vie à cette matière. Je l'entendais à l'occasion s'exclamer de surprise devant une photo. Comme le premier jour, elle les tenait pincées entre le pouce et l'index. À travers elle, je commençai à regarder les négatifs avec une bienveillance qui n'était entravée par aucune forme de réserve. Enfin, je m'autorisais à laisser aller mon excitation. Pendant cette courte période, je les regardais tous les soirs, peut-être parce que, malgré mes réticences de l'époque, je pressentais que j'allais en être séparé prochainement. Sur le moment, je n'étais pas conscient de ces glissements. C'est plus tard que j'ai compris que tout s'était joué au cours de ces semaines d'avril où Désirée était venue travailler chez moi. Une fois, il était cinq ou peut-être six heures du soir, je proposai à Désirée d'ouvrir une bouteille de pinot noir achetée la veille en espérant la boire avec elle. Je savais que nous approchions du dénouement, quelle que fût sa nature, puisque les piles désordonnées de négatifs amincissaient à vue d'œil du côté gauche de la table du salon, tandis que, de l'autre côté, Désirée déposait ceux qu'elle avait annotés dans de nouvelles boîtes. Cette progression nous rendait nerveux tous les deux. Désirée accepta et nous nous assîmes à côté d'un figuier de Barbarie qui prenait de plus en plus de place sur la terrasse, où l'on entendait les corneilles aussi fort que le soir de mai où j'avais rencontré Francis Blanche, cinq années plus tôt. De là, nous pouvions contempler le ciel bleu-gris du DF, baigné de soleil balsamique. Désirée avait quelque chose à me dire. J'attendis qu'elle commence, ce qu'elle fit, sans fioritures, comme elle aurait lancé une flèche : « J'ai eu Cornell Capa au téléphone cette semaine, dit-elle en reposant son verre sur la table. Il serait prêt à vous offrir vingt-cinq mille dollars pour les photos. » Nous n'avions pas cessé de nous vouvoyer depuis notre première rencontre, afin de préserver une distance en dépit de la situation qui obligeait Désirée à passer trois jours par semaine dans mon salon. Pour tout dire, j'avais beaucoup de mal à parler d'argent. Je ne savais ni comment en gagner, ni comment en réclamer, ni comment le restituer, et j'y pensais aussi peu qu'il était permis d'y penser. Je répondis que je n'avais pas l'intention de demander une rétribution pour les négatifs. Désirée sourit d'un sourire sans retenue et se pencha pour reprendre son verre de vin, soulagée. « Mais je n'ai pas non plus l'intention de me séparer d'eux », ajoutai-je, surpris d'avoir exprimé cette idée, que je n'avais jamais formulée. Désirée réagit comme si c'était elle qui avait reçu une flèche. « Je veux bien les prêter à des musées pour que les gens les voient mais, pour être tout à fait sincère avec vous, Désirée, poursuivis-je avec une conviction croissante, je n'aimerais pas que ces photos quittent le Mexique. Je comprends que Cornell ait envie de les découvrir, et je me ferai un plaisir de les lui apporter, mais je ne veux pas qu'elles quittent le Mexique *définitivement*. Les négatifs appartiennent au patrimoine mexicain désormais. Aucun des photographes n'était américain et aucun des récipiendaires de la valise n'était américain. Rien dans la trajectoire des photographies n'implique New York. Budapest, Paris, Madrid, Lisbonne, Mexico, oui, mais pas New York. Qui a ouvert ses frontières aux réfugiés espagnols quand ils avaient besoin d'être sauvés ? Qui a refusé de reconnaître le gouvernement de Franco quand il a pris le pouvoir ? Nous avons été les seuls avec l'Union soviétique à dire non à Franco, et maintenant que tout est oublié, rangé loin derrière, que l'Espagne fait comme si elle n'avait jamais été une dictature et que les États-Unis sont devenus les champions du monde de la culture en boîte, je devrais diligemment envoyer les photos par FedEx à New York pour qu'un musée new-yorkais et sa clique de conservateurs américains en prennent possession, puis se jettent des colliers de fleurs les uns à la tête des autres une fois la trouvaille officialisée par une exposition en exclusivité mondiale ? Non, non, et non. Pas à New York. Jamais de la vie à New York. » À la fin, je criais presque. Désirée me dévisageait. Elle commença une phrase qui ressemblait à quelque chose comme « Écoutez, Luca, j'ignorais que », et tout d'un coup, elle était à côté de moi, ses mains dans les miennes. Ce jour-là, nous avons cessé de nous vouvoyer.

4

Le tour pris par les événements pourrait laisser penser que Désirée s'était ruée dans cette liaison amoureuse pour me faire céder sur la valise. Sans être absurde, cette hypothèse est fausse, quoique notre histoire poussât incontestablement sur le terreau du conflit d'intérêts. En effet, Désirée était la personne de ma connaissance à avoir porté le plus loin la notion de consentement dans tous les domaines de sa vie. Si ses parents l'avaient ardemment désirée, elle était avant tout celle qui désire. De ce point de vue, elle incarnait à mes yeux une féminité nouvelle. Désirée mangeait les fruits avec la peau, buvait tous les soirs sans s'en excuser et pratiquait l'haltérophilie en amateur. Elle ne portait jamais de talons car elle aimait marcher vite, et courir si les circonstances l'exigeaient (et elles l'exigeaient bien plus souvent que je ne pouvais le supposer, disait-elle), mais elle passait un certain temps, chaque soir, à s'enduire de crèmes, certaines hydratantes, certaines raffermissantes, certaines apaisantes ; elle était obsédée à l'idée que sa peau, qui par ailleurs déclenchait tant de questions sur les origines de son métissage, soit douce. De Désirée émanait ce parfum de stabilité que portent ceux qui ont grandi dans une maison dont personne n'est jamais parti en claquant la porte, ou, plus insidieusement encore, sans la claquer ; où les parents reviennent tous les soirs après le travail et dorment dans le même lit ; une maison qui ne change pas d'adresse malgré les décennies. Désirée avait la chance de posséder un ancrage dans une géographie sociale et familiale, celle des quartiers du sud-ouest d'Atlanta, où l'on vote en masse pour des maires noirs. À Atlanta, elle n'avait eu ni froid ni faim, car le froid est tout simplement inexistant à Atlanta, et la faim, son grand-père paternel chinois, immigré de première génération, s'était assuré en travaillant quatorze heures par jour dans un pressing devenu le sien que ni son fils ni les enfants de son fils n'en feraient l'expérience. (Hong Wonton est mort, bien avant que Désirée ne soit devenue photographe, d'un cancer des poumons probablement causé par les substances chimiques des produits nettoyants avec lesquels il travaillait.)

Dans les années 90, il avait été à la mode de croire que le froid et la faim avaient été bannis de notre condition ; que le pire du futur, ce seraient les maladies cardiovasculaires. Désirée, elle, n'y avait pas cru. Poussée hors du nid par l'ennui que lui avait inspiré son adolescence parmi les classes moyennes d'Atlanta, elle s'était intéressée aux marges de son pays, pour prouver qu'à bien des égards les États-Unis appartenaient au tiers-monde. Puis, jeune adulte, elle avait vu avec la crise la pauvreté exploser autour d'elle comme une *piñata* mal cousue, et si elle avait été satisfaite que l'Histoire, qui finalement n'était pas finie, lui donne aussi vite raison, elle avait eu le bon sens de ne jamais s'en vanter. Le progressisme de Désirée me transportait car j'aimais croire avec elle que les choses n'avaient pas l'apparence compliquée que nos représentants politiques voulaient bien leur donner ; qu'il existait des solutions que nous, consommateurs et citoyens, avions les moyens de mettre en mouvement. J'aimais le croire sans être tout à fait convaincu ; je trouvais pour ma part notre monde peu lisible et ma seule certitude consistait à admettre qu'il me manquait des filtres pour en juger de façon globale. En compagnie de Mireille, j'avais pris l'habitude d'être le moins conservateur des deux, et le plus doué d'empathie à l'égard de la misère du monde. Et bien que Désirée ait soupé du marxisme avec son compagnon précédent, un Turc exilé aux États-Unis pour des raisons politiques, qui dirigeait un journal électronique où il écrivait des éditos sur la question kurde, mais qui n'avait pas fait la vaisselle une seule fois en deux ans de vie commune, m'avait-elle raconté, elle restait plus à gauche de l'échiquier politique que moi. Désirée disait qu'elle aspirait à plus de conformisme, et je l'ai crue, un temps. Elle le croyait aussi. Greta aussi l'avait cru quand elle avait épousé Carlos. Les âmes passionnées ont elles aussi besoin de repos. L'ennui, c'est qu'elles ont le repos fragile. C'est en effet pour des raisons politiques que Désirée m'a quitté plus tard, si j'en crois le mot « libéral » prononcé plusieurs fois à cette occasion. Elle me reprochait une adhésion béate au mythe de la mondialisation heureuse, alors que c'était elle la cosmopolite, et que pour ma part, j'aspirais à une vie qui aurait pu tout à fait avoir lieu dans les années 70 ou 80. Moi qui m'étais toujours considéré de gauche, ça m'a fait drôle. Mais l'on apprend à tous les âges. Il faut savoir rester curieux.

On aura compris que Désirée et moi ne partagions pas la même vision du monde. Cela n'aurait pas été grave en soi ou, comme aurait dit Désirée, « clivant » si elle n'avait pas développé une obsession pour la question, me testant incessamment pour comprendre ce qui relevait chez moi de la droite ou de la gauche. Désirée pensait que porter une cravate était de droite, qu'avoir un parapluie était de droite, qu'avoir des tatouages était de gauche, que porter des colliers était de droite. C'était son féminin et son masculin à elle. Chaque objet devait être genré politiquement. Selon elle, le parquet était de droite, le carrelage de gauche, la climatisation de droite et les ventilateurs de gauche. Les chaises étaient de gauche, les fauteuils de droite, et les tabourets, cela allait sans dire, d'extrême gauche. Le théâtre était bien entendu de droite et le cinéma de gauche, la télévision de gauche et les séries de droite, mais elle changeait parfois d'avis. La télévision pouvait aussi être de droite. L'eau minérale était de droite, l'eau pétillante de droite, et l'eau du robinet de gauche, le thé, ça dépendait, le thé était généralement de gauche mais il pouvait aussi être de droite s'il était servi agrémenté d'une rondelle de citron et bien sûr s'il venait accompagné d'un petit pot de lait et d'une sucrière. « La pluie est-elle de gauche, Désirée ? » lui demandais-je. Fertile pour les paysans mais destructrice pour ceux qui vivent dans des maisons en terre, elle sauve et nourrit d'une main, mais anéantit les habitats précaires sur les toits des grandes villes, elle empêche les sans-abri de dormir dehors. L'orage, c'était facile, l'orage misait tout sur le spectaculaire et seuls ceux qui pouvaient l'observer depuis un panorama privilégié, au sec, prétendaient le trouver beau, l'orage était de droite. Au début, Désirée riait. Elle me disait envier ma capacité à me passer des étiquettes, à onduler entre les affiliations, les cartes d'identité, les cartes de fidélité, évidemment, les partis, et même les journaux d'inclination partisane, mais tout en clamant son admiration, Désirée m'accusait de relativisme, elle trouvait louche que je ne sache pas définir ce qui pour moi constituerait une forme de progrès, ce qui pour moi incarnait la modernité.

Désirée disait aussi que malgré tout le mal que je pouvais dire de ma mère, elle m'avait au moins fait le cadeau de ce qu'elle appelait une identité propre. Cette enfant de la stabilité ne retenait de sa propre famille que son métissage et regardait avec admiration le sang homogène qui caractérisait la famille de ma mère, dont les origines espagnoles ne faisaient pas un pli, et dont on pouvait jusqu'à nommer le bateau sur lequel les aïeux à l'abordage du Nouveau Continent étaient arrivés, crasseux et porteurs de diverses maladies jusqu'ici inconnues. Je trouvais touchant que Désirée m'envie cette filiation rectiligne. J'ai essayé de lui faire admettre la différence entre un arbre généalogique et une maison. Elle répondait qu'il ne fallait pas tout rapporter aux parents et à l'enfance, comme tous ceux qui ont connu une enfance pleine, dans le doux ennui de laquelle ont été jetées les bases de la confiance en soi qui leur sert ensuite à affronter le monde. Elle répondait que je ne savais pas ce que ça faisait de se promener dans la rue avec sa tête et avec son corps, ce qu'elle subissait comme brimades aux arrêts de bus, dans les supermarchés, les ascenseurs, les soirées de gala, les rues et les stations essence, sans lieu sûr où se retrouver enfin seule, exonérée des projections des autres. Et elle avait raison, j'ignorais tout cela car mon corps venait, lui, avec un lot de privilèges. Mais contrairement à l'idée que Désirée semblait s'en faire, mes origines n'étaient pas lisses. Si mon identité avait été une maison, on aurait trébuché dès la porte d'entrée. Mon nom seul évoque la guerre culturelle que mes parents se sont livrée, ce qui est étrange quand on sait que mon père ne s'est pas battu pour grand-chose d'autre me concernant. D'après ce que j'ai compris, ma mère et mon père s'étaient mis d'accord sur un prénom américain, qui rappelait à mon père ses origines allemandes, et à ma mère son philosophe préféré. Mais une fois que mon père a déserté le domicile après mes premiers mois d'existence parce qu'il était étonné qu'un nourrisson pleure si souvent et nécessite tant de soins, ma mère a estimé qu'elle pouvait bien m'appeler selon son désir, et choisit dans un deuxième temps Luca. Un prénom plus mexicain, de peur peut-être que moi aussi je ne disparaisse de l'autre côté de cette grande frontière. Jusqu'à un âge assez tardif, on m'a appelé Jamón. Greta ne m'a jamais appelé autrement.

5

J'en reviens à la valise. Il ne m'a fallu que quelques mois pour me laisser convaincre par Désirée de rencontrer Cornell Capa à New York. Il n'y avait pas chez elle de grand plan, de scénario. Elle respectait que je m'oppose, ou du moins que j'ose exprimer mon opposition. Cela ne l'empêchait pas de penser que, une fois les choses dites, il fallait agir. Malgré tout son talent, Désirée appartenait à cette catégorie de gens dont le manque d'imagination les pousse à n'envisager qu'une seule façon de faire les choses. Mais il était très agréable de me laisser aller dans le sens de son courant, et de la voir animée de cette excitation qui saupoudrait ma vie d'une dose appropriée de poivre. Je me souviens très bien du jour où je lui ai donné mon accord, quelque temps après cette conversation arrosée de pinot noir que nous avions eue sur mon balcon, au mois d'avril. Mes doutes en ce qui concernait l'envoi des négatifs aux États-Unis restaient les mêmes : je n'avais pas envie de contribuer à la lumière culturelle de New York, déjà très dominante. Je me consolais à l'idée que la première exposition des négatifs aurait lieu à Mexico, sur la terre qui était devenue la leur, par la force des choses. Désirée le croyait aussi, et trouvait l'idée excellente. Et puis, peut-être parce que ma mère vieillissait, avec la détérioration éclair des derniers paliers de l'espérance humaine, je pensais à Cornell avec une bienveillance nouvelle. Pourquoi se priver d'être généreux ? À ce moment de ma vie, j'étais enfin en mesure de me poser la question. En réalité, les fils explicatifs ainsi déroulés ne promettent que de déplacer un peu la poussière ; leur légèreté échoue à apporter une réponse entière, finale. Il est difficile d'expliquer pourquoi on fait ou pourquoi on ne fait pas les choses. Pour accélérer l'ascension, il faut vouloir, mais ce qui déclenche cette volonté reste tout à fait opaque. Je ne dis pas ça pour me dédouaner. Pour moi, c'est l'un des grands mystères de notre condition que certains veulent tant et d'autres si peu.

Cornell Capa

1

Le jour de notre unique rencontre dans son appartement de l'Upper West Side, Cornell se tenait droit comme un danseur à la retraite et riait souvent, ce qui suffit à me convaincre que sa santé ne devait pas être si mauvaise que cela. Il vint lui-même m'ouvrir la porte, mais c'est une domestique thaïlandaise qui nous servit du porto blanc dans des verres à whisky. Quatre mille brèches dans le temps nous contemplaient depuis son bureau avec vue sur l'Hudson. J'étais impressionné. Mon séjour, cela va sans dire, avait été organisé avec l'aide de Désirée. C'était elle aussi qui avait fait empaqueter les négatifs par une compagnie spécialisée dans le déménagement des personnalités et des diplomates. Le jour où ils ont quitté la maison je n'ai pas souffert car j'étais rempli de l'impression, très valorisante, comme on sait, de faire une bonne action. De faire une *très* bonne action, une action infiniment bonne, et je marchais le torse gonflé d'air sur des trottoirs brillant de reconnaissance. C'est quelques jours plus tard que leur absence est venue me pincer l'âme, mais il était trop tard. « Parlez maintenant ou taisez-vous à jamais », disait-on à l'église. Je ne m'étais pas opposé à cette union et, maintenant, je devais rendre aux jeunes mariés une visite de courtoisie. Les négatifs sont arrivés à New York sous cellophane deux semaines avant moi. À tort, j'avais anticipé que ses retrouvailles avec les clichés perdus feraient s'évanouir la curiosité de Cornell pour leur grand sommeil à Mexico, dans la chambre de ma tante, celle de Greta, et enfin la mienne. Mais Cornell me questionna pendant quatre heures avec une exhaustivité presque enfantine. Je suis satisfait de rapporter qu'au terme de cet échange il affichait l'air comblé de quelqu'un qui, malgré des apparences décourageantes, s'était entêté à croire que le moment qu'il attendait finirait par arriver, et que ce moment avait eu lieu.

Lors de notre entretien, il se confia autant qu'il me força à me confier, ce qui, je suppose, est la marque d'une conversation réussie. Cornell posait ses questions par salves auxquelles il semblait attendre des réponses brèves. Comme tous les octogénaires, il prenait aussi beaucoup de plaisir à se raconter, avec son accent chaleureux de la Mitteleuropa que des décennies à New York n'avaient pas réussi à effacer. J'appris par exemple qu'il fut marié, et heureusement marié, pendant plus de soixante ans, mais ce sont les Friedmann mère et fils qu'il évoqua sans interruption. Cornell commença par me raconter l'arrivée de Robert Capa à New York. Celui qui avait entraîné son jeune frère dans une valse de soirées dans la capitale française, et lui avait appris à faire claquer haut les bouchons de champagne pour faire crier les filles de peur, était descendu du bateau les épaules basses et les yeux très loin à l'intérieur de leurs cavités. Gerda était morte deux mois plus tôt à Brunete, alors qu'il réglait à Paris une affaire professionnelle. Il n'acceptait pas ; il ne s'en remettrait pas, avait-il affirmé à son frère et à sa mère avec une énergie qui leur avait laissé espérer le contraire. « Mon frère avait déjà, bien avant la disparition de Gerda Taro, éprouvé les lignes mystérieuses qui séparent la vie de la mort, me dit Cornell en jouant avec ses lunettes à monture carrée. Un jour, à Budapest — je n'étais pas né mais l'histoire est devenue célèbre dans notre famille —, alors que nos parents étaient attablés dans le jardin avec des amis, un voisin sonna à la porte et leur dit, un index pointé vers le ciel : "Je ne sais pas si vous êtes au courant, mais l'un de vos enfants marche sur le toit." Mon père, livide, s'est adressé à Robert depuis le jardin pour le distraire du vide tandis que notre mère courait le chercher là-haut. "Endre, Endre (le vrai nom de mon frère était Endre), regarde Papa, hein, regarde Papa." Après une série de contorsions sur des tuiles glissantes et mal fixées, qui faillit coûter la vie à ma mère autant qu'à son fils, on ramena mon frère dans le ventre chaud de la maison. Il hurla en représailles pendant une heure, horrifié de se voir ainsi confisquer sa liberté. »

« Je vous laisse imaginer, monsieur, ce que ce même enfant, devenu adolescent, se révéla capable de faire. Robert disparaissait dans la nuit sur les routes. Mes parents, ivres d'inquiétude (je dois préciser que ses disparitions avaient à voir avec ses activités politiques), passaient ces nuits-là à s'accuser de ne pas avoir été assez stricts avec lui. Robert rentrait toujours décoré de bleus, de traces de bagarre, et aussi auréolé de la lumière rose de l'aube. La scène, souvent, s'est répétée : moi, enfant, assis à la table du petit déjeuner, silencieux. Robert, garant sa bicyclette devant la porte de la cuisine, déposant sur la table la bouteille de lait du jour, ébouriffant mes cheveux. Le ravissement illuminant le visage de ma mère, encore gris une minute plus tôt. Mon père sortant de la salle d'eau, rasé, parfumé et menaçant Robert de l'enfermer dans sa chambre. Ma mère invectivant notre père dans un mélange de hongrois et de yiddish, passant sur lui son soulagement de revoir son fils en un seul morceau. Enfin, Robert montant se coucher après m'avoir fait un clin d'œil triomphant et laissant nos parents à leur routine. Comme ces matins-là étaient glorieux. Robert a fini par se faire arrêter, une fois, et c'est pourquoi il a quitté le pays à l'âge de dix-sept ans. »

« Pour être honnête, nos parents n'avaient pas besoin de Robert pour trouver des sujets de fâcherie. Leurs affrontements étaient quotidiens, et célèbres dans le quartier. Mon père possédait une boutique de tailleur sur l'une des grandes avenues passantes de Buda. Il était né de parents pauvres et s'était fait tout seul, l'archétype de ce qu'on appelle ici un self-made-man. Je me souviens d'un homme jovial, bavard, et surtout très apprêté. Mon père avait tout ce qu'il avait jamais rêvé d'avoir. Sa clientèle l'introduisait dans les cercles où il aurait aimé naître. Ma mère avait été séduite par son allure et sa pugnacité : elle venait d'un milieu de commerçants aisés et n'avait jamais eu à se battre pour rien, ce qui transparaissait parfois dans sa façon d'agir. Pour elle, leur boutique de Buda n'incarnait pas l'apothéose, mais une première étape, avant Paris, avant New York, avant la conquête de la Lune et du reste de l'univers. Quand mon père est mort d'une crise cardiaque, elle a fait ses valises et est venue me rejoindre à New York. Je ne sais pas s'ils ont été heureux ensemble. » Cornell entreprit de nettoyer ses lunettes sur un coin de chemise, regardant droit devant lui de ses yeux très bleus le ciel très bleu. La pièce était envahie d'une lumière intense depuis quelques minutes, sans doute parce que le soleil était réfléchi par la façade en acier d'un building voisin. Il était onze heures du matin. Je crus un instant qu'il m'avait oublié dans son récit, mais Cornell savait très bien où il se trouvait, à qui il s'adressait, et pourquoi.

« Je ne vous raconte pas ça, monsieur, pour accabler ma mère, mais pour vous expliquer d'où vient l'appétit de Robert pour la reconnaissance et pour une vie hors norme. Cette vie-là, pour l'atteindre, il fallait prendre des raccourcis, donc des risques. Perdre et rejouer dans la foulée. C'est une vie admirable quand on ne l'a pas vécue, une vie belle à raconter au coin d'une cheminée, mais jamais cette vie n'a été facile, et rarement elle a été amusante. Robert était trop pudique pour parler des centaines de cadavres qu'il avait vus. Un chiffre surnaturel, n'est-ce pas ? Plusieurs centaines de cadavres. Je connais des tas de gens qui traversent la vie sans en voir un seul. Quand il rentrait à Paris ou à New York, c'était pour se saouler, pour célébrer cette vie qui filait entre les doigts des autres, que quelqu'un s'amusait à retirer sous les pieds de familles entières d'un coup sec. Robert disait que s'il n'était pas devenu photographe de guerre, il serait devenu opiomane. Lui-même n'y croyait qu'à moitié, mais c'était une boutade récurrente. Mon frère aimait être perçu comme plus superficiel qu'il ne l'était vraiment. On le voyait comme un grand photographe mais pas comme un grand homme, et pour lui, c'était toujours ça de moins à endosser. »

« J'ai été photographe moi-même, je sais de quoi je parle. L'aura de glamour qui accompagne l'auteur des photos fait en quelque sorte partie du forfait. Les admirateurs qui aux vernissages, dans les galeries, dans les musées, viennent vous taper dans le dos et vous postillonner de la sauce cocktail sur le veston en louant votre bravoure, ceux-là ne mesurent pas la somme de travail qui correspond à chaque cliché. Quand ils rentrent chez eux, vous savez ce qu'ils disent à leur femme ? *Moi aussi j'aimerais qu'on me paye pour prendre l'avion.* Au fond, ils pensent qu'ils seraient capables de le faire, qu'appuyer sur le déclencheur, c'est à la portée de tout le monde. Et évidemment, aujourd'hui, avec les appareils numériques accessibles aux bourses de toutes les strates de la classe moyenne, cette fausse impression n'a fait que gagner du terrain. Je ne suis pas un élitiste, monsieur, ajouta Cornell, alors qu'instinctivement mon regard avait plongé vers le bas, gêné par sa dernière remarque, et je ne suis pas un nostalgique. C'est une vertu, pour un pays qui se prétend démocrate, de voir une partie grandissante de sa population avoir accès à des hobbies de plus en plus sophistiqués. C'est une vertu, et un luxe, que beaucoup de nations nous envient. Simplement, puisque l'Histoire vous a fait hériter de cette collection unique de négatifs, il me semble que vous méritez d'être informé sur la réalité du métier des trois auteurs de la valise. » Cette fois, au mot valise, je ne me rétractai pas comme j'avais pu le faire en compagnie de Francis Blanche ou même de Désirée. J'étais calme, prêt à affronter la suite. La luminosité de la pièce donnait à cette conversation l'éclat et, je dirais même, la dignité appropriés. « Ces trois-là ont *inventé* un métier. Tous les photographes de guerre aujourd'hui en exercice leur doivent l'invention de la profession en tant que telle. Personne avant Capa, Taro et Chim n'avait osé prendre des photos d'un combat *en cours.* » Il marqua un arrêt pour s'assurer que j'avais bien compris. J'avais compris. « Personne n'avait couru sous les balles comme ils l'ont fait, eux, ni cru nécessaire à la qualité de l'information de vivre la même vie que les soldats engagés dans le conflit. Ils n'ont pas été envoyés en Espagne, vous savez. Ils ont décidé ensemble, depuis Paris, d'aller courir dans les montagnes sèches pour témoigner du combat des républicains. Et vous savez pourquoi ? Parce qu'ils avaient compris avant tout le monde que cette guerre constituait le dernier rempart avant quelque chose d'effroyable. Que pour saisir ce qui se jouerait ensuite, il fallait être là pour voir le têtard grossir. Bien sûr, ils ne le formulaient pas aussi nettement, mais c'est ce qu'ils ont fait. Ils ont vu le têtard se transformer en crapaud difforme. Qu'ils aient été tous les trois juifs et originaires d'Europe centrale n'est pas un hasard historique. Leurs origines ont contribué à leur donner une sensibilité pour cette cause qui manquait à un Américain protestant ou à un Français catholique. »

Jusqu'ici, j'avais sous-estimé l'intensité du caractère de Cornell qui, parce qu'il était le cadet, celui qui avait choisi de consacrer sa vie à la préservation de l'œuvre de son frère, et de prendre soin de leur mère en l'absence des hommes de la famille, me semblait voué à être une nature douce, patiente, voire contemplative. C'était oublier que Cornell n'avait pas été un petit photographe. J'aurais la curiosité, plus tard, d'aller feuilleter des livres pour découvrir son travail et je dois confesser que j'ai été surpris par la qualité de ses clichés les plus reconnus. Si Robert voulait apparaître plus superficiel qu'il ne l'était, Cornell souhaitait, de toute évidence, paraître moins talentueux. « Vous comprenez pourquoi, monsieur, retrouver les négatifs de la guerre d'Espagne avait pris chez moi l'allure d'une quête. J'avais construit ce temple à la mémoire de mon frère, mais c'était un temple sans tombeau, un mausolée sans dépouille. Je savais que ces négatifs se trouvaient quelque part et j'étais convaincu de les retrouver de mon vivant. Au début, on ne comptait pas les enthousiastes, ceux qui se faisaient un devoir d'interroger leurs connaissances à la recherche d'indices. Mais après plusieurs fausses pistes — et croyez-moi, elles étaient alléchantes —, le nombre de soldats diminua, puis il ne resta plus qu'une poignée de fidèles, et à la fin j'étais tout seul. Je n'osais même plus aborder la question avec mes proches, chez qui les mots "valise" et "mexicaine" déclenchaient des soupirs venus des profondeurs. Je n'en parlais plus mais j'y pensais frénétiquement. Je ne vous dis pas tout cela pour vous faire regretter quoi que ce soit. Nous avons chacun nos raisons, elles ne sont pas toujours avouables, mais elles sont là et c'est notre lot de faire avec. L'histoire de ma famille n'est pas l'histoire de votre famille, et je comprends votre position, je la respecte même. Ce n'est donc pas pour vous mettre mal à l'aise que je vais vous raconter les pistes dont nous disposions et que nous avons diligemment suivies pendant les décennies passées. Prenez-le plutôt comme une récompense de nous avoir fait cadeau de votre héritage, et ce sans réclamer de compensation pour votre perte, ce qui confirme, s'il le fallait, que vous n'êtes pas devenu par hasard l'héritier de ces négatifs. »

S'il essayait de me flatter, me dis-je, c'était avec beaucoup de naturel. Mais peut-être croyait-il vraiment à ce qu'il disait ? Y croyais-je moi-même ? Le deuxième verre de porto que Cornell me servit me faisait voir le monde à travers une forêt de points d'interrogation.

« La piste principale dont nous disposions nous avait été révélée par Capa lui-même. Une fois, une seule fois, ce devait être peu de temps après son emménagement à New York, en 1939 — j'allais dire son emménagement définitif mais rien, dans la vie de mon frère, ne l'était —, il m'avait raconté qu'il avait confié une valise de négatifs de la guerre d'Espagne à un Chilien rencontré dans un bar, à Bordeaux. Le lendemain matin, l'homme devait partir en bateau pour le Mexique. Ils avaient convenu que celui-ci laisserait la valise au consulat du Chili de Mexico, où Capa, ou Chim, ou quelqu'un de confiance, viendrait les chercher dès que possible. Mais ni Capa ni Chim n'étaient passés chercher quoi que ce soit puisque ni l'un ni l'autre n'a mis les pieds à Mexico après 1939. De cela j'étais certain. Je dépêchai donc à Mexico une équipe de conservateurs pour effectuer des recherches au consulat chilien. Ils passèrent d'abord une semaine à batailler pour obtenir les autorisations nécessaires, ensuite à retourner un nombre inimaginable de cartons et de dossiers. Ils ne trouvèrent rien. Après ce premier échec, quelqu'un suggéra d'aller voir dans les autres consulats d'Amérique du Sud de la capitale mexicaine. Peut-être que Capa avait dit « Chilien » alors qu'il s'agissait d'un Argentin, d'un Équatorien ou d'un Péruvien. Je me résignai à cette explication sans élan : connaissant Capa, je savais qu'il ne risquait pas de se méprendre sur une nationalité. Quand on vient soi-même d'un pays dont la moitié du monde ignore l'existence, on devient sensible à ce genre de détails. »

« Quelqu'un encore fit remarquer que Capa était peut-être ivre au moment de la rencontre, ce qui expliquait pourquoi il avait confié un objet si précieux à un inconnu. Quelqu'un qui, comme vous pouvez le deviner, cher monsieur, n'avait pas connu la Seconde Guerre mondiale, car quiconque a fait l'expérience de cette guerre sait qu'il ne fallait pas être saoul pour confier ses effets les plus chers à des inconnus, mais être sur le point de tout quitter pour échapper à la mort. Et c'est exactement ce que mon frère était sur le point de faire en octobre 1939. C'est ce que beaucoup de gens étaient sur le point de faire en octobre 1939. Il ne faut pas être historien pour le comprendre, mais que voulez-vous, monsieur, certaines personnes manquent tout simplement de délicatesse. Ainsi, l'équipe de Mexico — je n'étais pas sur place — a décidé de poursuivre les recherches dans les bâtiments des consulats d'Amérique latine, au cas où mon frère, saoul comme un coing, aurait confondu le Chili et le Pérou, le Chili et l'Argentine ou encore le Chili et le Venezuela. Comme je m'y attendais, là non plus ils ne trouvèrent pas de trace des négatifs. Je décidai donc de changer de méthode et interrogeai les amis proches de Capa : avait-il mentionné ce Chilien auprès d'eux ? Un nom, une profession auraient été utiles. Or, non seulement Capa n'avait jamais raconté l'histoire du Chilien à quelqu'un d'autre que moi, mais il n'avait pas non plus fait allusion à la valise, dont il n'ignorait pas qu'elle contenait les négatifs originaux de quelques-uns de ses clichés les plus célèbres. »

« Alors voyez-vous, cher monsieur, maintenant que nous connaissons vous et moi le fin mot de l'énigme, dont la clé, pendant ce temps, était en la possession de Chim — que je connaissais bien puisque nous avons pendant un an codirigé l'agence Magnum —, je m'interroge :

comment expliquer que ni mon frère ni lui n'aient laissé derrière eux plus d'indices qui permettent à leurs héritiers de retrouver la valise ? Comment expliquer que mon frère m'ait lancé sur une piste qui vraisemblablement était fausse, celle de ce Chilien, dont je suis convaincu aujourd'hui qu'il n'a pas plus existé que Peter Pan ? Je vais vous dire la conclusion à laquelle je suis parvenu, et vous me direz le fond de votre pensée à ce sujet. Je crois que mon frère, à ce moment périlleux de l'histoire du XXe siècle où, pendant plusieurs années, il n'était pas évident que le nazisme serait vaincu, a voulu éloigner la valise de ses intermédiaires les plus fragiles. Or, s'il y avait bien une personne susceptible de s'intéresser à son sort, c'était moi. Pas parce que je suis plus futé que les autres, cher monsieur, mais parce que j'étais le seul à en connaître l'existence, avec ma mère et Chim. C'était la façon la plus habile de me protéger, voyez-vous, car si les choses avaient tourné autrement, et que j'avais su où se trouvait la valise, il aurait pu m'arriver des choses désagréables. Et à notre mère aussi. »

« Plus jeune, je lui en ai voulu. J'ai cru que sa confiance en moi n'était pas assez solide. Et puis un jour, la vérité toute nue m'est apparue : si Capa avait voulu que je sache où chercher les négatifs, j'aurais su où chercher les négatifs. Puisque je ne le savais pas, c'est qu'il ne l'avait pas voulu. Une fois acceptée cette vérité-là, j'ai senti que les négatifs afflueraient naturellement vers moi un jour après un long voyage, comme une bouteille à la mer. Et voyez-vous, cher monsieur, c'est exactement ce qui s'est passé. »

« C'est comme si les négatifs avaient eu peur d'être découverts trop tôt, et par la mauvaise personne », murmurai-je.

« Je crois qu'on peut parler de miracle », ajouta Cornell.

Il se leva en deux temps, comme un homme de son âge, et me serra la main, sa paume droite enveloppant la mienne d'une chaleur qui, elle, n'était pas de son âge. Puisque ma défaite personnelle — la perte de la valise, l'exposition à venir à New York — culminait avec cette scène de réconciliation, s'agissait-il vraiment d'une défaite ? me demandai-je en regardant mon visage fatigué dans la glace de l'ascenseur qui m'entraînait vers le bas. Les réconciliations étaient si rares dans la vie d'un homme. Cornell m'avait fait ce cadeau. Je pouvais bien lui en faire un moi aussi.

2

Quand je sortis de chez Cornell, l'obscurité de Midtown qui recouvrait les trottoirs me donna l'impression d'avoir été déchu des étages supérieurs comme d'un mont sacré. Je marchai seul dans les rues fraîches et bruyantes, avec une légèreté qui m'était peu familière. Je me dirigeai vers le parc voisin. Sous le pelage rose pâle des cerisiers, j'avançai à grands pas. Il était question que je revienne voir Cornell. Plus tard, m'avait-il proposé. À vrai dire, je m'en réjouissais. Mon errance ne dura pas car un deuxième rendez-vous m'attendait, que Cornell avait décliné à cause de ses mauvaises jambes, dans le temple de la photographie créé par ses soins, l'International Center of Photography, où se préparait la première mondiale de l'exposition des négatifs. Je trouvai Francis en tête du cortège chargé de l'événement. Nous étions désormais très loin d'Acapulco et, malgré les années passées depuis notre dernier dîner ensemble, et tout ce qui dans ma vie avait changé, j'eus l'impression d'avoir vu Francis la veille. Il portait une veste en daim sophistiquée, les cheveux plus courts, et je me demandai s'il y avait eu aussi des changements importants dans sa vie. Francis m'accueillit parmi l'équipe de conservateurs avec une cordialité teintée de réserve à l'égard de celui qui n'avait pas voulu lui confier la valise, mais avait accepté de la remettre à quelqu'un d'autre, cinq ans plus tard. C'était de bonne guerre. Je réalisai pour ma part de quel genre de crédibilité Francis disposait au sein de ce milieu académique. Pendant un instant, j'ai regretté que Greta ne soit pas là. Elle aurait été au moins aussi excitée que l'était le petit groupe qui se tenait devant moi, en gants blancs. Mais peut-être que Greta, si elle avait pu assister à cette scène, aurait été d'une humeur noire, de celles qui provoquaient des silences lourds chez ses interlocuteurs, surpris par tant d'incivilité.

Rien ne les obligeait à me recevoir et j'appréciai leur geste. Il fallait sans doute lire dans celui-ci une forme de culpabilité de la part de l'équipe à avoir retrouvé, pour zéro dollar, un tel trésor photographique, mais peu importaient les raisons. Francis m'expliqua deux ou trois choses sur la valise, avec la virtuosité pédagogue qui m'avait séduit chez lui lors de notre première rencontre. Comme je m'y attendais (ou comme je l'espérais ?), les témoignages directs de ses différents propriétaires n'avaient pas été nécessaires pour la faire parler. Les conservateurs avaient d'abord été surpris de trouver dans la valise plus de quatre mille négatifs. Nombre d'entre eux n'avaient jamais été publiés. Dans le lot, les pellicules entières étaient rares et, en plusieurs occasions, elles ont permis de confirmer ou de rectifier la personne qui en était l'auteur. On le devine, ce sont plutôt les photos des deux autres qui ont à tort été attribuées à Capa que l'inverse.

Les planches-contacts ont aussi permis à l'équipe de déconstruire le mouvement des trois photographes en action, leur façon de travailler autour de leur sujet. Les photos de Gerda Taro se distinguaient par leur composition verticale, influencée par le constructivisme des films soviétiques dont elle était une avide spectatrice, m'expliqua Francis, tandis que, de l'œuvre de Capa, proche du sol, avec des protagonistes qui marchent tout droit dans le cadre, se dégageait une forte présence émotionnelle. Même si je pensais qu'il s'agissait là d'un passe-temps de spécialistes, je n'en dis rien, résolu à ne pas prononcer quoi que ce soit qui puisse me faire passer pour un rustre.

Francis précisa que si les négatifs étaient si bien conservés, c'était grâce au climat essentiellement chaud et sec de la ville de Mexico ; que c'était un miracle, étant donné la durée de leur disparition. À ce mot, une ombre passa sur son visage mais il avait lui aussi décidé de rester courtois et embraya rapidement sur autre chose. « Voyez comme ils sont en bon état », dit-il en soulevant une planchette avec une pince, comme si je les découvrais pour la première fois. En réalité, c'était tout comme, puisque entre eux et moi une distance irréversible faisait déjà tampon. J'acquiesçai, soulagé de ne pas avoir abîmé un pan du patrimoine européen et, à cette idée, le récit de l'assistant de *Life* qui avait soi-disant laissé trop longtemps au four les pellicules de Capa prises pendant le débarquement de Normandie me revint en mémoire. Francis faisait-il partie des gens qui pensaient que cette histoire d'accident était en réalité une légende inventée par le rédac chef historique et proche ami de Capa, John Morris, pour dissimuler au grand public que le photographe n'avait pas réussi à prendre plus de onze clichés sur cette plage où l'on avait à peine le temps de se faire dessus qu'on était déjà mort ? Je n'osai pas aborder la question avec Francis : le moment était mal choisi, et puis, à la réflexion, je ne croyais pas qu'il puisse adhérer à l'hypothèse la moins romantique.

3

Trois semaines plus tard, de retour à Mexico, j'étais assis sur un banc de la grande place arborée de Coyoacán, à mi-chemin entre mon appartement et le stand de Gloria au marché, devant le spectacle de la foule en mouvement — marchands de ballons et d'épis de maïs grillés, vendeuses de peignes en bois assises à même le sol avec leurs enfants —, occupé à me demander quel était le bon âge pour commencer à porter un chapeau, à la vue de deux élégants messieurs se saluant en se découvrant le chef, quand Désirée m'appela. Elle dit simplement : « Cornell est mort. » Étaient-ce les retrouvailles avec la valise qui l'avaient libéré ou l'attente qui l'avait fait tenir ? Troublé, je rentrai chez moi, oubliant le rituel du petit déjeuner. Dans les draps de mon armoire, il ne restait pas même un pli des boîtes qui y avaient si longtemps trouvé refuge. Je me tournai vers les livres empilés sur la valise, au pied de mon lit, et les déposai par petits paquets sur la courtepointe en coton. Pour la première fois depuis la visite de Carlos, je ressentis le besoin urgent d'ouvrir ce bagage — le vaisseau, la courroie de transmission de toute cette affaire. Pourquoi, puisque la valise était censée être vide ? Au fond, oubliées dans leur grand écrin, je trouvai les cigarettes Maspero de Greta, celles qu'elle avait achetées lors de son tournage en Argentine et que j'avais rapportées de la maison de Puebla après ma courte tentative de disparition. La tête de cheval sur fond orange et le liséré d'or étaient non seulement intacts, mais conformes à mon souvenir. À la recherche d'un briquet, j'allai sur le balcon où je plaçai les Maspero sous les corolles fleuries du figuier de Barbarie. Devant cette nature morte, un désir venu de très loin me submergea. Je n'aurais pas su dire s'il était resté tapi là, attendant son heure, ou s'il était revenu me rendre visite après un long voyage, mais j'ai alors quitté le balcon pour saisir la caméra qui prenait la poussière sur une étagère du salon, je l'ai allumée et, en revenant sur mes pas, j'ai commencé à filmer les Maspero et le figuier, tout en parlant d'une voix calme et lente de ma cousine Greta. Si c'était un film, il serait son portrait.

Dans la semaine qui suivit, des articles commencèrent à paraître, qui évoquaient un « mystérieux héritier » ainsi que mon nom, ce qui impressionna assez Mireille pour qu'elle prenne de mes nouvelles, elle qui ne le faisait que très occasionnellement. Je sortis peu de mon appartement pendant cette période, bien que la première exposition mondiale des négatifs à New York n'affecte pas le train-train de Coyoacán. Comme Désirée l'avait prédit, les journalistes s'intéressèrent avant tout à l'œuvre des trois photographes et à leurs vies romanesques, bien plus qu'à celle qui, aujourd'hui encore, me sert de table de nuit et que l'on surnomme à tort « la valise mexicaine ».

Note

C'est en lisant, en novembre 2010, un article dans l'hebdomadaire américain The Nation *que j'ai découvert pour la première fois l'histoire de la valise mexicaine et la façon dont les négatifs avaient refait surface à Mexico en 2007 chez un documentariste mexicain d'une cinquantaine d'années. Pour une raison que j'ignore, les personnages qui peuplent ce roman me sont apparus dans le laps de temps qu'il m'a fallu pour lire l'article en entier.*

Un flou continuait d'entourer les circonstances de la passation de la valise, mais aussi les raisons pour lesquelles son dernier destinataire, qualifié dans l'article de « mystérieux héritier », avait fait le choix de la garder chez lui. Ce roman et ses protagonistes s'inspirent librement de cette histoire. C'est une façon de rendre hommage au courage, à l'engagement et à l'humanisme des auteurs de la valise et de tenter de réfléchir aux vies des intermédiaires qui l'ont préservée, sans jamais prétendre connaître les méandres de leurs vies intimes et les raisons de leurs choix.

Pour découvrir les négatifs, on se reportera au catalogue de leur première exposition qui s'est tenue de septembre 2010 à mai 2011 à l'ICP, à New York, aujourd'hui publié en anglais aux Éditions Steidl et en français chez Actes Sud.

I. M.

Composition : IGS-CP à L'Isle-d'Espagnac (16)
Achevé d'imprimer
par CPI Firmin-Didot
à Mesnil-sur-l'Estrée, en janvier 2019
Dépôt légal : janvier 2019
Numéro d'imprimeur : 150989

ISBN : 978-2-07-280212-6/Imprimé en France

338140